方明，廣東番禺人，台灣大學經濟系畢業，巴黎大學經貿研究所，文學碩士。

兩屆台灣大學散文獎，新詩獎
中國新詩百年百位最有影響力詩人（二〇一七年）
中國文藝協會二〇〇五年度五四文藝獎章新詩獎
詩人洛夫以書法抄錄三十餘首方明詩作
香港大學中文系二〇〇五年宏揚中華文化「東學西漸」獎
台灣大學外文系 二〇〇五「互動文化」獎
香港大學首展台灣個人詩作（爲期一個月）（二〇〇八年）

「兩岸詩」詩刊創辦人
「台灣大學現代詩社」創辦人之一，並曾任社長
「世界華文文學交流協會」詩學顧問
「藍星 詩社」同仁

二〇〇三年，成立「方明詩屋」，提供學者詩人吟唱遺興

著有詩集《病瘦的月》（一九七六年）、散文詩集《瀟洒江湖》（一九七九年）

詩集《生命是悲歡相連的鐵軌》（二〇〇四年初版，二〇一三年再版）

詩集《歲月無信》韓譯本（金尚浩教授翻譯，二〇〇九年）

論文集《越南華文現代詩的發展，兼談越華戰爭詩作》（二〇一四年）

方明　詩觀

生活在眞實與虛無之間閃爍存在，詩的功能準確將人類活動生滅的情緒作最貼切的詮釋，而詩的張力亦最能表達潛伏在靈魂深邃裡的吶喊，這種吶喊除了嘗試在宇宙的洪流中找尋自我的定位外，亦希冀將人性本質的愛與情作更完美的演出。

乘著文字的翅膀翱翔，詩人除了要具備深度馭駕語言的修爲，豐沛的想像力，也許在其思維中必須建構一個烏托邦的世界，這樣孕育出來之詩篇的序幕或劇終，更會令人餘音繞樑，無限伸展個體想像空間。

追逐潮流的詩也許只能迎合時下的風味，而只沉耽於用大量學術爲架構之詩亦非臻美，詩人必須具有獨稟的才氣以及心靈最純眞的啟感，才能醱酵一首傳世的詩篇。

在人類生存之時空年輪轉動裡，詩是永遠溢出甘醇的液汁，讓少數因有創作而昇華的詩人顯得偉大，讓那些無意而邂逅擁抱它的群衆得慰藉。

詩人的舞台是狹隘的，但不一定孤寂，一首好詩是會鑿穿時空流光的藩籬去震懾或撫舐同類的靈魂。

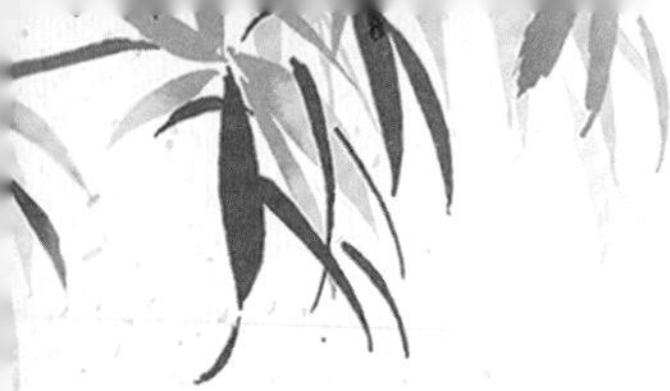

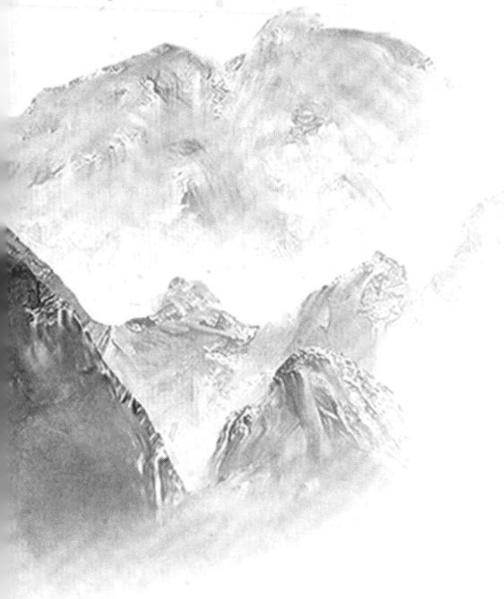

欢迎入方明诗境

余光中

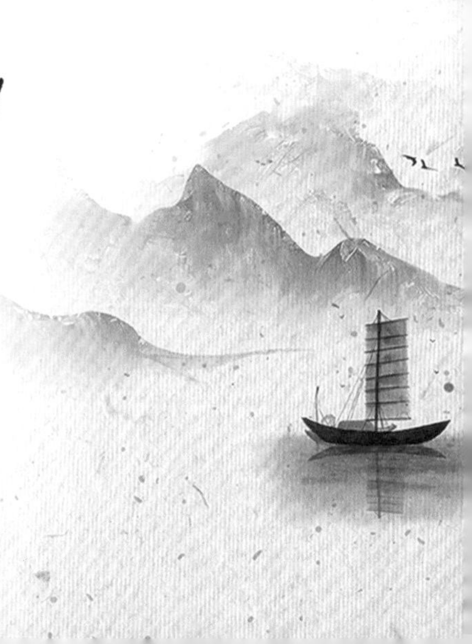

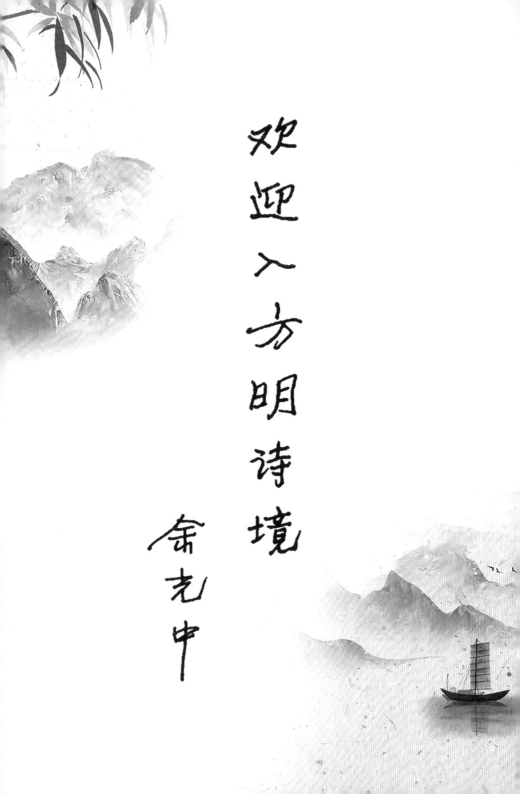

文化傳統一直活在方明的詩中，不論怎麼讀，你都可從他的詩中嗅出李白的儒俠之氣，杜甫的沉鬱之風，李賀的苦澀之味，讀出盛唐衣冠上殘留的戰火餘燼，和流離途中永遠乾不了的汗跡和淚水。

方明的詩典雅中帶有一股森森逼人的冷雋，他的意象思維傳達了他對歷史，現實，生命與大自然的深層體悟，而他眞正的詩性張力卻繫在一根纖細的，擺蕩於兩極之間的蠶絲上，一端是留連古典與浪漫情懷中的歡，一端是揮之不去的殘酷歲月與戰火硝煙織成的悲，於是悲與歡，笑與淚，色與空，現實與夢境便必然而又無奈地鑄成他生命的鐵軌。

洛夫

方明的〈青樓〉寫得比我那首〈錯誤〉還好。

鄭愁予

方明的詩流露著相當幽雅的人文情趣與品味，仍保有現代詩以往正常可持信的思維脈胳與朝向情思深度有秩序地擴展的訴求形勢——也就是不放棄現代詩特別注重精彩「意象」強有力的放電性，使詩境發光。

羅門

很驚訝方明的古文功力如斯深厚，轉用在現代詩寫作上，形成十分獨創的風格。

葉維廉

方明是素心人，游於藝，詩作卻觸及人性多面化，其文字詞藻深受唐宋詩詞影響。

楊牧

讀完了《生命是歡樂相連的鐵軌》詩集中有不少好詩，文學講究「氣」，方明的詩作，氣很長，潛在力雄厚，給人源源不絕寫下去的感覺，這很重要。

瘂弦

目次

一九七四——一九七八

附錄

世事無端

開始感懷與傷舊　驀然回首
竟在地球角隅磨蹭了數十年
難怪種植的愛恨情仇開始收成
懸宕在午夜夢迴時
那份驚悸與讚嘆

生活是一個剖開的橘子
時甜亦酸卻能解渴或舒通腸胃
假裝唾棄名利猶似誇大吐核的動作
但緊握時間倒數籌碼裡

仍然押注名與利

誰會相信曾是逆爆的抗議與異言
會馴服在黃昏的柔和圖騰裡
恰似過時的慾念與承諾
殘留成靦腆的記憶

還好　喜愛攀附的姿態開始腐朽
渴望或有輝煌的演出　漸漸疲憊蟄伏
只能從虛實重疊的邊緣
醞釀快慰與淡忘

仍然無法置信　童年
是手掌裡的一撮沙土
握得愈緊　流失愈快

二〇〇四年四月

暮年

桌上曾盤堆各類厚重的經典
冊籍　其實只有一種書名
名利　夢想與生活在此碰撞佔位
如今被萎靡的歲月推擠到冷僻隅角

高矮胖瘦的藥罐子開始進駐排列
不論何種身型皆需早晚吞服
數副眼鏡透視拍案驚奇的嚷嚷世情
其實賸餘日子必須依靠
自圓其說的哲理與宗教皈依

撫慰惶惶的心
或許兒孫的擁抱稚笑能浮擊着心脈强弱

偶約三五同窗故友穿返青春隧道
以茶以酒以裊裊菸味
重探深邃的記憶與疏稀掠影
那些繁衍却漸漸枯澀的愛恨情仇
頻在逆漲的血壓裡澌澌隱痛

遍體毛髮皚稀却只有瞳睛濁黃
糢糊是安撫揚昂靈魂最佳鎮定劑
此刻不再適宜嘯燦激情或攪撼波瀾
愛情親情重疊成同溫的伴宿
讓每個晨昏緩緩重覆渡過

故居與舊曲在醒睡邊陲相喚
一些流失的童伴乳名
有時擱淺在校園或初戀的滋味裡
不願蘇甦在方寸間的忐忑甜蜜

整年耽習同樣姿勢
太極瑜珈慢跑登山
佛經聖經逃遁無念却又叢生牽念
輕食淡飲徹擯鹽油甜膩
或用書法繪畫舞蹈來承載
餘生的重量

在無常過境的儀隊裡
加速劃刪電話簿內凝固的名字
恍如昨天仍在叮囑奕奕容顏

喙辯着死生輪迴的話題
倏忽虛晃成渺渺結局

拆解未竟的夢想與戀戀生涯
只是一齣撩撥愛與淚的戲劇
終被光陰磨成隨風的粉末

二〇一七年七月二十八日

肉體時空

——病榻前的祖孫相覷——

冷峭的病床纏住孤寡的殘喘
慘白的四壁困住我游絲般呼吸
孱弱的體肢已無法撐住渾身遍佈的焦慮
渴望情慾的訊息同樣顫弱得渾沌不清
眼神與舌尖以蒼白的色調抖傳着簡單的欲求

天荒地老的時刻在咫尺徘徊
我緊握着孫輩灼熱的嫩手

此刻，我所有的能量驚愕與妒忌面前
流着相同血脈的臉龐
她拓印了我湮遠艷亮的青春
拂動的雲髮傳遞着芬芳的招引
紅蘋果的雙頰給人咬一口的幸福
搖擺的纖腰是最騷動的風景
唇齒的嬌嗔是燃燒情人的火種
渾身的體香分泌着驕縱的情愫
吹彈欲脆的肌膚是被寵愛垂涎着的肉軀
鮮亮的胴體與春天相互吮吸着俘虜的蜂蝶

我無言崩潰在如斯完美的複製品前
在死生輪迴敲響的時刻裡，我那不甘頹衰的靈魂
匍匐在青春無敵的雕塑前
覷望仍是充滿莫名的妒忌

虛脫記憶着邈遠的歲月
曾有俊碩的情人馴服在我乳香的懷裡煽動風月
此刻，薄弱的氣息瀰漫着肉身垢藏着的腐味
愛與恨的救贖都成麻木世界裡的囈語

二〇一三年三月

然後

燈光薄涼的朗誦會之然後
詩集發表伎倆囂集的仍只有詩人之然後
研討會戲碼辯盡各派學理探究剖切之然後
所有自認不朽的靈魂喃喃獨白之然後

詩人們相互鼓噪吹棒之然後
或在一小撮純稚的粉絲前築搭舞台
傲慢膨脹口沫橫飛之然後
縱使精心吐吶的長詩妄爭黃河長城悠遠之然後

而慍怒各種名銜獎狀均無法在諾貝爾殿堂演繹之然後
而漸枯癯的形骸仍未被鏤入青史之然後
而在聲光掌喝漸被驕恣剝褪的才華之然後
而人生風景遞嬗似四季換裝且無法僞裝之然後

當飛昇的翅膀被重擊急墜之然後
從疏落的讀本窺見自己名字被鑲貼之然後
當排名被擠退光環開始狐疑之然後
以肉身佝僂測衡永恆的流光之然後

當男歡女愛溢瀉悅愉後的霪霪虛寂之然後
當絢麗的情信將女友羞成妻子之然後
當功名只是博士與總裁頭銜滂沱之然後
當嚎啕誕世到泫泣歸塵皆是空物無攜之然後

當混沌的愛恨情仇耗盡無悔青春風采之然後
當顧盼堆鋪的滄桑終成黃昏裡悠長唏噓之然後
當至愛骨肉終必乖離訣別在涓涓流光之然後
當聖哲無解的隱喻拋給佛道禪曰上帝禱拜之然後
（其實存在乃是冷暖自知自娛自欺自悟之然後）

二〇〇九年九月

萬丈紅塵遇知己

洛夫瓊芳相惜相知的廝守

（洛夫情書結集　序）

我在唐宋詩詞的迷宮裡被江南風雨濡濕得髮冠盡是長江黃河大漠邊塞的山溫水暖與關外冷月之風華

妳在蒸騰味香色麗的佳餚裡呼親引朋燃點餐桌燭光搖紅巧奪嘖嘖味蕾的落落大方之娘子

我蹣跚攤開煩躁的細軟與起居茶蓆的雜遝，也無從將人情世情鉗鑲入顆顆錙銖來周旋官場人場的喜愁知己

妳將一把共傘的歲月收拾得整潔明淨排列在四方詩意的雪樓裡，我便將墨香懸

掛成很中國的壯采山水
妳伴身旁細聽市廛的掌聲恰似山林鳥群振翼之雄渾，從摩肩擊轂躬笑隱隱的過客中辨別懇摯希珍知音
妳總能將舟車連織與物慾横流的悟知梳理得如微風笑柳拂臉無傷之能耐
所謂文仕風流酒燒體暖之娥眉粉黛，被妳無可取代之細膩深情共存共息的雍貴華彩擊退
每晚妳將枕頭鋪上月色來洗濯日間生活細碎喟歎，等待我瀟灑神來筆騷調賦驚世詩篇
歲月猶如笛咽晚亭之仳離，執子之手相看無語兩界之訣別，而風的緣故是一闋世間絕唱近一甲子的魚躍燕囀之情曲，在月明風清戀聲如怨如訴的大千世界裡，也算是曠世絕響。

二〇一九年一月十二日

廣場

學校廣場　小朋友們劃一體操
相同天真斑燦的笑容
相同的禮儀口號與鞠躬
仰望藍天堅信相同耿昂高遠的理想
老師在莘莘學子恭敬的蹲站裡
閃爍著相同的自豪與滿足

社會廣場　曩昔的小朋友洗禮長成
一位若有所悟的教授

三位行爲含蓄的公務員
五位滿腹怨言的上班族
一位膽怯卻擠插在群衆裡的扒手
二位專闖空門的小偷
十位思維空洞只想纖瘦嫁入豪門的女士
十位將感情事業健康托付廟祝的虔迷者
十位徘徊股票基金浮沉而怠事生產的追錢狂
十位閉塞在電視的靈異風水星象尋解
前代今生來世的糾葛

其餘我不知曉的行業私嗜
包括或有貪鄙的厚顏首長政客
憑滑溜嘴皮包山吃海的跳丑立委
落魄自大卻覬覦排名演展的吹噓詩人

然後—*39*—

二〇〇八年十一月八日

毒食油vs黃小鴨

1

向矯僞的標籤膜拜
油質很透明猶似陽光般璀璨的承諾
直到被剝落層層迂迴的面具後
一隊油臉光鮮的奸賈開始
以湧動的表情註解與鞠躬
猶想再藉厚顏的悲情馴服
百姓體內浸泡多年的痼疾

這個年代只管優雅竄改期盼的詞藻
反覆高調動聽的語錄
就算添加一些危殆的異液
也不會腐蝕人性的暴戾與災厄

就讓很多悒憤與怨懟抑壓在
體內成乾澀的滄桑
（而無良卻包裝精緻的物品
仍舊卑劣盤踞在省悟後又繼續墮落的
失焦生涯）

2

只用空虛與膚淺吹脹

一隻龐碩的塑膠家禽
便可慰藉千萬顆游離的心靈
再編串一些童年無意識的召喚
廿萬雙泫淚的眼瞳便依捨在
漏氣後也無別的把戲之黃色皮囊前
（較親情仳離更難割捨的荒謬）

於是大賣場連同百無禁忌的小販
開始繁衍千萬隻毒素超標的
複製品　開始充佔街景與櫥窗
同時勾起童眞與鄉愿的鼓譟

假裝是快樂與憐憫心的限量版
橫笑的商賈如斯高喊
（這個年代，收藏無知與量產的癖嗜

總比習慣彼此疏離與愚弄更悅愉）

二〇一四年三月

疫思

導讀：飛禽走獸所傳染的瘟疫，皆因人類貪饕之因緣，唯有與萬物慈悲共存，孽果方消。

一具具呼吸着嗜食野腥的肉體
囑咐醫師摹傚他們如何刃割野味般
俐落　刺插喉管吸吮
被烤熟或燉煮出的甘甜液汁

病床的尺寸長寬與餐皿同樣比例
老饕的姿勢卧成飛禽走獸的姿勢
此刻你開始懂得焦慮喘氣驚惶慄懼

宛如曾被烹調那隻獸之恍神

白衣使者以各種儀器藥物探治
被病毒佔據蹂躪的軀體
用淋漓汗水與柔柔的溫馨
企圖喚醒每一個窒息的細胞

疫情以飛沫及分泌物悻悻凝固時間
遠行聚慶以及人類貪婪虛僞
甚至愛情親情　定格在蕩蕩的空間裡
而四面圍堵而來的小小臉譜
可使衆多不同種族的私慾紛爭噤聲

穿越過生死界重返的冥冥形骸
是否在人生的戲碼裡注入更多慈悲恕宥

向地球反芻謙卑與救贖

二〇二〇年二月三日

夜，有一點傷

今夜，愛情打烊了
荒涼的月色霜結枝椏
回憶如窄巷相遇的心情
路上重疊的影子醞釀更多漂流哀傷
潰敗的柔情唱響了流行歌曲
受創的靈魂失措得不知如何歸泊

失去擁抱後的體溫
或只守待咖啡廳
從衆多落寞的眼神彼此拌攪

挑逗另一次不安的邂逅
讓暫時蕭索的情慾
交煎重燃

未到盡頭的夢總是濡濕的
不管一杯茶一杯咖啡一杯酒
總是同一種苦澀
同一種傷的感覺

二〇〇八年六月二十九日

糾葛隧道

微型世紀。人類愈來愈擅長在精密工場內複製相同指令的電腦，然後在顛倒日月的時分裡剪貼私密的情緒供人瀏覽。

虛擬的歡愉在液晶的銀幕上流動，這裡可以徹底販賣各種乖僻的慾望，情色援交暴戾偷竊透過網路的交媾便孕長成龐碩的怪獸。

（上帝無須愕然）

眾人對著囚禁的空間疾鍵表象的協諧，心中慶幸這第二張臉具遠較眞實寒悖時更能藏拙尷尬的規範。不爽快時也可移花接木的詆訾或修飾容顏與身段去參加一個求愛的盛宴。

（上帝無須愕然）

無數狙擊手頻頻佈局美化盈充奇幻音影的世界，誰該來喝采這種沒有刀光鐵齒的陷阱，而我們却心甘情願在這速度湍急幻化的瀰域裡相互取暖。

（上帝無須愕然）

親過親情近過鄰舍且無休守候你驟然的叩啟，讓那無垠的探索與誘疊直到靈魂僵化而腦波掃描不出愛慈與憐憫。

（上帝無須愕然）

二〇〇五年一月

宴終

奢華排場隨着
唾液狼藉相覷的杯盤
暗啞傾倒

最易收拾交吻過的觥影
肥膩浮漬的餘饌
染紅桌巾的酒腐煙氣
當然還有溢瀉各種顏料的
調醬文化

最難清擦的
密佈氤氳裡臆測的謠言
無須印證的私密隱痛
還有大方漫步的奉誅與妒嫉
至於鬢香舞影媚眼俊笑的勾當
永遠是人性無忌且嗆辣的肥皂劇

最無法掃除的
遍地流竄的貪戾與誘餌
而盛裝掉落的戲謔殷勤
總是與毛髮塵土一起凝混

二〇〇九年九月十二日

七夕

牛郎織女星的距離是妳髮莢的長度，夜夜飄撫我被芬芳安頓的夢境，而喜鵲搭起銀河的拱橋，只是年年等待渺渺相迎的跫音奔向相思斷腸的渡口，纏綿相聚恰似冬末雪絮漸漸溶化漫漫長夜竊竊私語的別恨。

前世今生的神話典故是寒蟬淒淒切切的嘰鳴，星辰寥寥玉露滲涼最易稀釋天長地久的愛情誓言，而佳期只是一

陣迷惘的瞬間喜悅，讓短暫撫揉的速
度加快愁生痛楚的心事。
塵世間仳離時的叮嚀
是詩與酒釀造的眷戀

如今聆聽滿城咖啡廳夜店或網路狂竄
的流動慾念，速食片刻悱惻之消魂來
敷治頻頻情傷之潰口，諾諾廝守猶如
霧色靄靄的樓台等待月色清輝之奢望。
豐熟的孤單
在日暮前以廉價出售給暗香盈袖
載滿淒美綺麗的夜晚

今夕何夕，餐廳裡的調酒與調情都在
挑逗過度興奮的玫瑰，在此合卺狂飲

一樽樽花容殷紅的慾火，橫陳在被俘虜的風月胴體，狷娟的歡愉又豈在朝朝暮暮。

二〇二〇年七月十二日

速食愛情

清晨　陽光的顆粒自窗外滾動而來
新鮮的一天無法提起
昨夜思惘入夢的軀殼
灑落一地狼藉的相片
曾經將勝景剪貼成諾言
如今卻禁錮在虛實相間的斗室

三明治與髮絲
皆是早上賴床剛起時混雜的味道
從外面窺伺的窗景只有一種

絨厚的帘幔或
遊晃的內衣褲

疏離的眼神
單純詮釋做愛後空寂的情緒
從氤氳中的精油與咖啡
便可揣測這段情愛的餘溫
撕裂的唇與反鎖的門
愛情再次成爲都市的流浪狗
到處在污濁的殘渣內尋覓
下一個陌生人私密的癖好

二〇〇六年六月

都市心情（之一）

——劈腿文化偶想——

這個年代優然流行
無法長出花朵的
抽屜裡之情愛
不論在暗夜或光白的晝日
只能偷偷拉開陰格裡的慾念密碼
滋潤窺伺存溫
都是需要療傷或騷動說明

經過百般理由設計的約會
不定期撩撥覬覦的纏綿
總可慰藉脫序的空虛
新鮮的陷阱是甜美
唯有依靠更多的夜店轟趴來舔撫
征服失戀的傷口

鎂光燈背後的故事
謊言與整型急遽繁殖成
弔詭的八卦誹聞　流竄

多次沉澱抽搐的痛
仍無法抗拒滿街漂浮豐沛的慾念
悄悄闔關上忐忑的祕密
假裝夢囈時的誓言

忠貞如昔

二〇〇五年三月

都市心情（之二）

——拜金文化偶想——

我的英文字典是滿街逛蕩的
LV，GUCCI及PRADA
是用三餐速食麵換取
三條原味內褲換取
或三場兜售交歡換取
已是不重要的事

腦袋與皮包裡裝著同樣透明易讀的

MP3，型男雜誌，火星文的情愛簡訊
占星卦相，豐胸塑身之不朽名句

蕾絲調整型內衣與油膩芬香的
保養品的銷售遠遠超過聖經佛典
「嫁入豪門後，便可午時起床嗜海鮮
泡SPA，呷下午茶，然後SHOPPING看電影」
「結婚後，爸媽不再管我整天K漫畫，上網
哈啦，或到電玩店裡泡通宵」
這也是上帝的一種新聲音

黠慧亮麗的主播忙著澄清：
「我們只是據實重覆報導黑道大哥
的風光葬禮，不是有意激發青少年
的傚仿」

而對好書面世，藝文盛事等卻一字不提

四位皆離婚的女主持人，風光在怪誕的命運星相
電視節目裡，大言不慚的愚弄觀眾
指導如何擺設居家的風水便可融諧
夫妻的情感或挽救外遇

憤而轉台
仍是一幕媒體耽溺挑逗名模膚淺的
敏感帶

二〇〇五年七月九日

歲月無信

信箋曾是一條小溪
從無法揣測的遠方流來
時而憂傷或甜蜜的嚼嚥
世情愛情友情
在眼簾中的豆燈收斂
又膨脹
這一刻的心情彷如夜讀唐詩之
莫名

如今，敲打在生冷的盤鍵上

變奏的情懷
夾帶火星文與慵懶的符號
所有的愫緒都變得工整易讀
讓腐銹的心房彼此逗趣卻無法取暖

將被驅逼的無助輸入
將春叫的撩態輸入
將生命的茫然輸入
然後在複製的網路裡尋覓知己
而螢光幕冷冷的翳影
從我們被俘虜的靈魂擴張訕笑

二〇〇五年十一月五日

聚興

——獻給老友郭榮芳——

傳鐘的歲月驕縱着
青澀的春天
在繁繽的花園裡開始複製大師們的
傑作　杜鵑與椰林的風景
總將我們的情愛與夢想
醺得飄然迴盪

你以累熟的智慧燃燒生命的火炬

用昇華的理知向世人詮釋
財經起伏曲折的辨惑
用各類報表燙平冗費的稅務
景氣吹浮的動盪塵粒

將華麗的職涯瀟灑卸下
竟又沐身於最易積憂的心理塊狀
開始探究存在的茫然與生命之虛實
以及富饒後體溫驟降成荒原的靈魂
在衆生妝扮或踉蹌的背後
試圖吹響平衡與救贖的號角

酒是愈飲愈焚
心是愈訴愈熾
風雨跋涉而來的知己

是今生最浪漫的牽掛

二〇一二年六月十五日

預約仳離

僻冷的靈魂在黝闇的流光裡迷惘穿竄，
兩顆不該邂逅的心靈空寞得彼此磨擦燻
熘的肉慾取暖，一些優眞還假的情藕絲
絲吐納成更勦然的創痛

深知不會從永恆廝守中圍築承諾，每次
存溫後的寂寥與惘然便成一種無言的隱
傷

我們在預約仳離的漩渦裡醞釀短暫的酩

酊，而漸漸從道德震懾的渲染中蘇甦，
曾經繾綣悱惻過的暗影仍會泣泣瞬息之
慰藉，仍會傷逝一段被唾棄的僞裝情種

我們在預約仳離的虛幻中驚惶偷歡，妄
使一切表象美好的事物顯得圓滿，只讓
心深的暗角淌血與糜爛

雨幕是捲不起的水簾，曾有的歡情是潑
墨後無法斂收的餘香，奈何這種飛揚的
愜意散落在縱橫滄桑的歲月裡，只能暗
夾在回憶的卷帙中塵封

最難堪是所有啜泣偷偷在夢裡蒸乾，還
好那瓣絞結的心未被識破，而晨暉總識

趣將婉約的痛楚輕輕帶走
誰知暗幔裡滋生的溫馨　　曾被焚燃
當朝陽冷酷曝散這段脆碎的露水情緣，
妳必記起在輾轉無眠的夜裡，我是曾經
哭過笑過抽搐過的影子

二〇〇二年十二月

巴黎 哭泣

——哀悼花都二〇一五年十一月十三日——

巴黎是很憂鬱的
爆崩的氤氳撕裂浪漫的
臉龐　殷紅的秋是血河泫染
窸窣落葉　死神的冷目狙擊着
劇院正值風月吭唱
柔情的摇喊與裸情的子彈
交錯出變調的輓歌
巴黎是很憂鬱的

燙熱的杯觥是紅酒是迸濺血漿
波特萊爾的詩歌被蹂躪成逃亡之淚水
足球與榴彈相互竄向喑嗚的目標
卡繆的「反抗者」與存在荒謬在此
痛苦印證人類忐忑的體溫

巴黎是很憂鬱的
璀燦的鐵塔與凱旋門的無名火焰
開始漸漸蕭森闃然
空靜的咖啡館仍匍匐攀爬着
盧梭與大仲馬的精靈
彼此爭辯着自由與恩仇的宣言
而小酒館仍飄來悠揚的爵士玫瑰人生

二〇一五年十一月十五日

天問

前言：電視播映貝魯特大爆炸，且中東地區頻頻硝煙瀰漫，鏡頭拉至某婦人仍能背著圮毀的家園淡定彈奏鋼琴，場景令人驚撼不已。

當世界竭力堆砌繁華狂歡　以及
人類暴漲的極樂主義
政客慣以優雅的笑容濺噴
謊言的口沫來黏結
或有賄賂　或有姑息　或有戰爭
災難被撞擊爆發前總是昇平寧靜

（背後是烽火崩塌的家園
正義渺邈　琴韻仍柔揚撫慰渴望依屬心靈）

燻焦的穹蒼無法辨別晨昏
蕈狀的雲塵催發惶惶浩劫
萬衆生靈的軀體屈蜷成垂死前之告解
誰以被劈削的山與滾燙的海水
修幅大自然風景淨土
讓曠野河川迸裂成畢加索畫像
（背後是烽火崩塌的家園
黑雨紛落　琴韻仍柔揚撫慰渴望依屬心靈）

分歧的信仰教義與黨派煽爭
遠較千萬噸炸藥更毒烈的伺候
革命流血的口號

巴勒貝克神殿召示殷盼和平子民
愛與死的承壓終必在眞主的祝福裡
猶如雪松般之芬香傳世
（背後是烽火崩塌的家園
神蹟不再　琴韻仍柔揚撫慰渴望依屬心靈）

註：雪松乃黎巴嫩國家的象徵

中年心情（之二）

髣髴傳媒裡各類色光妖嬈的曲線
惹我在踽行張望的流動風景時
在門裡窗內孤煢遐想時
焚燃起來

此時　春是鏡子裡膨脹的貓
明顯對你凝注　　尖嘶
且躁動震撼
這具逐漸寒傖的肉體

路過的歲月　　　只有
家是一簷乘涼的亭
讓你甜蜜的鬆弛與憨氣
拍擊無奈的情緒
儘管在外沿途玩弄的把戲
仍隱隱作痛

是否想補葺年輕時失修的憧憬
繁殖季節過後
仍在幻覺與眞實裡雕塑
青春胴體致命的輪廓

電腦的蹂躪僅止於上網或魚貫郵件
靠著這種磨蹭的功夫
心虛保住飯碗

亦可將加速的脈搏游滯在色情
透明得令人麻痺的世界
或使乾涸的情愛從彼此匿名
讚賞的快感裡再次滋濕萌長

驀然驚覺妻兒的嘈聲
是一闋四季不歇的
蟬歌

二〇〇七年八月十九日

母親是一種歲月

前言：女性……自少女的嬌羞至成爲堅強的母親，其間歷經自然界延續下一代的神奇蛻變。「母親」是犧牲奉獻最有力的代名詞。

母親是一種歲月
春天搭成的花棚綻開著
媚冶的嬌嗔　拎提召來蜂蝶的
步履　跳躍在初熟的驕佻裡
髮香是灑過陽光的冷泉
沁涼著環伺佇步的浪客

約會的容顏是最璀璨的彩繪
終在繚繞祈福下臥成母姿之怯然
母親是一種歲月
從千個倉皇長夜到漫遠白晝
潑哭在疲憊的身軀上敲擊
體溫起伏是最焦慮的夢魘
踉蹌爬立牽動著神經的驚悸
在莫名的吭吸喊痛裡學習喘息
用心耽湎於逐漸萌茁的呱啼裡
而疏懶春花秋月氾漫的騷盪
母親是一種歲月
篤喃外面崎嶇碰撞的轉折
從虛實世情裡囔囔囑咐擺渡的紛爭
就連撒蠻與晚歸推門節奏
也會讓瘖啞的月色星光潰碎

母親是一種歲月
逐漸岔皺的手仍黏纏相同的醬汁
在飯香裊裊的時刻探索著
新世代的速食愛情軌跡
沒有結局磨蹭的戀曲喉哽著
沉痾的神壇告解
母親是一種歲月
在廚廳之間汛掃著卑微
家是惑溺的浮蕩河川
浣滌膩酸的汗臭與漂泊體味
企圖將櫥櫃衣物排列成幸福圖騰
將飯盒與晚餐餵飽親暱的乳名
讓雙手的繭紋甜蜜的肥厚起來
母親是一種歲月
一襲秋裝蹉跎了曾女曾妻曾母的

淒艷　畢生俘虜在愛的戒律裡
撫慰各種喜悅與愁痛
在流光隧道裡蒸餾著甜膩
以及賁張的愛
母親是一種歲月
用原始無悔豢養整屋的任性
被叛逆與專橫殆盡青春洄瀾
曾挨擠泰迪熊與凱蒂貓的閨房
如今膨脹著至愛的嚎啕與風乾的叮嚀
而枕邊以鼾齁重複曩昔的情話
是月色吹脹的泡沫
時大時小
母親是一種歲月
漸漸被掏空的眷懷是幽怯的顧盼
糾結在愛情親情熟稔的詠嘆裡

永遠期盼血緣是荒老的依皈

二〇一六年三月二十八日

月悲中秋

誰的詩感測量過中秋的月
較一般月圓之夜更圓
太多團滿的歌頌背後
總有乾癟煢獨的靈魂
觸景憂怨啜泣

何必以廣告式的讚禮宣讀
今夜月圓人圓　月滿影雙
這只會引起惴惴不安將影子
懸掛在壁上林間孤空的軀體

仳離近五十載的神州寶島同樣
悲惻　每當中秋展讀
繁體簡體的「古朗月行」
一卷李白心情仍被兩岸
詮釋成兩種阻隔沉痛的心情

終必百年之後的圓滿呼為永恆
此刻世人圓盈的情愫
唯有在古藉詩歌裡
在中秋月夜裡
得到虛幻的溫慰

二〇〇三年

手機與愛

傳來的聲音是春天
不小心霍止凋落的一種殘零
而我仍必然每天叩敲
熟稔且重覆的聲調
從渺遠至咫尺之間的距離
只能用愛與痛連接
癱瘓心事

歲月流轉
妳嘹稚的留音　無視

我漸萎枯的聆聽
顫抖且無力的撥打
我倆愈來愈近的端隔
不管是天堂或其他異象空間

星辰霜皺昨夜的淚漬
我仍用第一線晨曦的曙光
連線　用薄冰的心情
濡讀妳曾在塵世的
青春告白

二〇一一年四月十日

後記：報載某婦，每天撥打女兒手機，聆聽其錄音留言。某日，因電訊短阻而無法得之，婦急啜泣，謂其女年前車禍驟逝，她靠重溫女兒留音渡日，聞者心惻，是爲詩記。

長路將盡

——與死亡對話——

不用凝思落日餘暉
無須借吟早古的歌謠
乾癟的肌膚開始呼吸
曾經輝煌過的歲月　苟渡

是夢亦是醒時
那偌大的混黑總無情覆壓
然後擴張　我窒息卻無法逃離

渾沌的觳觫　此刻
似乎開始領悟垂死的軀體如何
闔閉所有的觸覺　而可有感知的靈魂
是否如瘟疫般失慌四處竄走

困頓記憶裡最美的初戀　以及
童年企盼臘月梅寒的新歲
是老來頻頻被挑起的騷動
有時一些狙擊的噩事亦會叩敲
滄桑生涯中曾被背叛的隱傷

二〇〇三年四月

魅影年代（之二）

玻璃帷幕急遽向穹蒼擴張
錮禁在樓叢裡的心靈
只能在封閉的透明裡漂流
街衢的廣告標語總是「愛心」與「結緣」
甚至連賣出一個燒餅
也要「感恩」萬千

但互瞄便可刀棍齊舞
順勢超車卻被斬肢棄屍荒郊
相互違規的路霸忙著挑釁纏鬥

頻頻重演攜子自殺的齣戲
在華麗的轎車內吸炭自盡
遺書卻是經濟拮据無法苟活

（「愛心」「結緣」「感恩」仍是寶島流行的噱語
當然也有販售死豬肉水餃貢丸的芝麻小事）

兜售原味內褲的少女諷譏
購買者變態噁心
而對自己乖僻的行徑視爲捍衛都會
精緻品味的生活
女權高漲偏解成
未指生子　劈腿有理的最佳信條
於是人工熟女開始四處話播情感的滄桑
將御男纖瘦美白集成狂熱信仰的冊子

流行在貧脊無知的青春軀殼

咫尺的美麗寶島
竟可豢養萬座寺廟
鍍嵌著較五星級酒店還輝煌的殿堂
果眞能騷動羅列紛沓的神明
而煙裊中仍無奈飄散
六合彩的明牌與拯救情感的哀渴
數拾台電視頻道諂談星象卜卦
怪誕靈異　壯陽豐胸及各式狗皮藥膏

開始感動卡奴的哀號吶喊
如同他們搶購名牌與旅遊玩樂的亢奮
名流緋聞與兩黨謾罵不再新鮮
所有的禁忌與道德都被冷漠癱瘓溶化

跌宕的憂鬱症　沉甸的空寂
仍在氤氳裡無狀游離

唯有裸裎相對的演出最賣座
緋聞之後湧至的邀約最騷動
這個年代　只有肌膚廝磨時的承諾
悲涼而能短暫療傷

二〇〇六年九月

燃行

——泫念洛夫——

你開始遠行
翱翔在你詩歌曾經凝佇的
各種磨蹉過之景觀
雲嵐是磅礴舒敞的飄泊
風雪是醃有湖南臘肉的野味
星月是爆辣到你不得不躍入
唐宋風騷的詩骨裡養神

將李白的狷傲與杜甫的悲憫
燻灼成臉顏熊熊的酒鬼
亦是一種解讀轉折絕句的快意
而歲月垢積的愛恨情仇
也隨禪詩紛紛墜落無聲

現在，你可恣情以彩虹為筆椽
在無垠藍天裡潑灑微笑水墨
也許澌澌成渡淨蒼生的雨簾
也許蛻化成一闋佛偈或禪詩
也許詠嘯如唐詩解構之行板
也許在烟之外勾摹極樂涅槃

石室無法禁錮你渾厚的精魂
左邊的鞋印才惜別人間驪曲

右邊的仙跡將激昂的魔歌
鴻展成瑰麗永恆的詩史
此刻，戰事與死亡
是黃昏時歸鄉的小路
璀璨孤冷

已經沒有邊界與望鄉
所謂鄉愁　是三分對塵世之眷戀
七分是詩魂與墨韻　　如何
染渲海棠葉沸騰的殷紅
長江三峽的詩碑與寒山寺的掛帖
行行波濤湧空
句句鏗鏘擊鐘
衆相乃游離流逐的漂木

偶然彼此從心脈交會的一場盛宴
隱題詩矜持在青春季節裡裸告
生生世世共鳴著湛湛承諾
因爲風的緣故

二〇一八年三月

清明

三月的霏雨濡濕着龍族古遙的曆日
春的簾幔剛網綠了起伏的坡崖
所有窀穸便隨濃郁的節日躁動起來
裊繞的薰香蒐集趕赴祭祀衆生的情緒
三疊燭火
一掬熱淚
至於塵世的牲禮酒菓以及豐腆肴饌
只是陳鋪着人性貪癡迷念

血緣與習俗猶似在這張偌大海棠葉的脈絡

源源不息延伸
此刻，九州的悲懷終只躬屈成一種怛惻的膜拜
終只惦記着祖先耿耿的遺恨或私情未斷的囑咐

酒是用來豪氣的
那傷感只是奠祭裡點綴的憔悴
這裡，所有墳塋均排列成比翼鳥與
連理枝，好讓代代子孫在塵緣的煎熬中
衍生唯一的歌頌

未滿百歲光陰的事蹟便讓陌頭上的
秋草搖曳成一幅飄渺淒清的寒食圖騰

盼望飛鴻啣來新塔壞壁的典故，赤壁悲壯
的浪濤淘噬多少英雄豪傑，而領盡風騷

睥睨江山的才子佳人，終也躺成史頁裡
留人嗟嘆的幽寄

曾有相思苦戀的淚果真在此階前滴響
到天明，憩睡中被螻蟻蠶食的殘妝
是無法從寒燈裡重塑妳綽約的采姿
而狂狷揮劍的英豪終將凋存的蒼髮
化作支支風中垂頭慘白的蘆葦

曩昔不可聽勸雙親的叮嚀，那是相扶
你歡愉的成長，而念念你衣薄食饉寐
淺的呵護韶歲，被流光偷偷換成離合
營生的虛渡，而天人隔障的縈念是否
焚燃在
三疊燭光

一掬熱淚

二〇一〇年三月七日

醒傷

被窩裡的溫暖蒸騰出
顫抖之青澀回憶
不懂疼惜的歲月只憑一股激情
招惹日後終成哀愁的戀結

趁著風雨
反覆起伏捨棄的舊事
炫麗得如斯心痛與錯落
早熟的年代
只敢幻想愫懷私奔之喜悅

依靠一種莫名的愛慕便嚴肅宣告
畢生相互囤積彼此的氣息與溫度
誰去了解乾涸後的青春
宛如無人睥睨的滿地落紅

乞向逝流的光陰懺悔戀棧
無法複製或重新演繹的種種是非
隔著抉疏窗影
唯美　滴淚

二〇〇三年

行事曆

將日子堆砌在精美的線框內
沿著筆跡翻錄的軌跡　進踆
生命坐標在方格之間精準接力
總有激情遊行與盛裝饗宴演出
除非當時𩕳𩕳密佈

框囿慾望的歲月最宜
種植悲歡喜樂
讓愛恨情仇的花朵偈促擠長
有時修改小小祕隱

只因框外群結嗅覺靈敏的
狗仔隊

被慶典婚喪氾濫的情緒湮沒
格子裡斑駁扭曲着皺摺
只好用嚎笑或默哀撫平
咖啡或酒漬是最流行的漂染劑

偶爾被虛蕩與脂粉陷阱
傾塌成無法記錄的深淵
緋聞與不能曝光的行徑亦然
在格內的翳影裡滋生如菌

政客謊言與財經指標頻頻越格
直接戳穿耗歎的心緒

生滅無常令曆册超載
直到塵緣世事似流沙
在格子裡溢滿宿怨與感動

二〇一五年端午節

西湖情繞

層霧將西湖逼成秋色的穹蒼
所有史蹟韻事都沉甸成畫閣倒影中的
淒美典故　朝代在驚嘆中遞嬗
唐宋的氤氳彷彿沿著蘇堤纖瘦的徑道
緩緩瀰散過來

霏雨將恆古的愛情故事串織在
共傘的醉郁裡
而長亭總是引來千年的惜別
顧首的背影在風霜中愈斜愈遠

星月朦醒前，趁此
只有以詩釣起的夕陽最孤美

二〇〇七年五月

我在懸空的斑馬綫上

——致 交通部——

就算躡身在短促的隔白綫上
我不敢攜着影子緩行
車輛是嗅著體味撲來的獸
肢骼必須識趣扭曲與閃躲
末稍神經開始灼熱
這具無助的軀殼

爍爍的目光無法愛撫着

缺氧的腳踝
跳沾在輪胎邊緣的驚措
此刻　充血的瞳孔彷彿看見相同
那些進出電梯與大門時的臉孔
彼此禮讓揖腰的僞善

任憑曖昧的眼神定奪相疊的時空
街景暈開如乾裂的土埂
我們是那隻被圍捕的痙攣小兔
在竄躍的同時感觸不祥

在進退維谷的對弈僵局裡
生命癱軟卻繃緊著觳觫之觸覺
這是唯一不能想念親人的時刻
以免成爲親人永久的想念

二〇一二年十月九日

後記：爲何我們的燈誌設計，路人行走在斑馬綫上，車輛亦可同時穿越，彼此揣測誰先讓道，爲何要行人處於心驚膽悚的情緒中過馬路，更遑論造成死傷之慘況。有關政府單位是否要修法善之。

咖啡館拼圖

將生命的無奈拌攪在杯中的
黑海　悠悒的午后
隨著香頌的韻調讓手裡的湯匙
微顫著相同的節奏
呷一口塵世的炎涼　聆聽旁鄰愛情之困倦
氤氳裡瀰溢著存在的湛濁
歲月從我們的茫然無知開啟
然而航渡的坐標愈遠愈枯燥難耐
曾經熟稔的體味　某場所相識的

空氣　重疊在記憶的匣子裡閃掠
此刻　跳躍的時空最騷動
或想尋覓另一次傷痕的邂逅
讓宿淚淌滴在苦澀的杯緣

當歸鳥啄喉初昇的月華
這裡爬滿慾念的顧盼
不安的孤寂開始魯莽
猙獰互扯襤褸的慰藉
只有隅角詩人的目光接銜著
似禪似佛的失去
樂土

二〇〇六年一月十三日

拜瘦主義

——熟女手冊之一——

我們的神祇是蔬果混合低脂液汁衍生的精靈，祂無所不在日夜撫測層層塗擦過保養品的肌膚，且細心偵察每一寸玲瓏凹凸的部位是否迎合廣告所雕琢之原形。

（纖瘦比貞操更重要，請勿忘記拭擦男人殘留的沫液）

原本雅麗的佳人紛紛宣言她們長年便服用種種神奇的粉末或膏霜，戕害的流言在昂貴的電視時段或艷彩的雜誌流傳著。

（纖瘦比貞操更重要，請勿忘記拭擦男人殘留沫液）
見面時的寒暄是男伴的更換，接著眞正的關懷便落
在彼此杯罩的增減以及腰臀之曲線是否出軌，這是
心靈與自信飛昇唯一之翅膀。
（她們甚至從未聽悉什麼是唐詩宋詞或卡繆黑格爾）
篤信豐腴的胸脯是綁住情愛的眞理，偶爾橫長一寸
贅肉足可煎熬罪愆不安的靈魂，於是開始疑惑地心
引力的危害遠較殄殘生靈的地震更令人焦慮與觳
觫
（誰說男女是一場永不停息的戰爭，越逾股溝胸溝
便能弭平一切的無奈的代溝）
癡想守住終被歲月澱肥的軀殼，而藹生的紋輪仍無

情的複製與囚禁落寞的臉龐

二〇〇四年五月十六日

家

是等待黃昏後重覆遄歸的溫馨
萬戶燈火焯成一種暖和的引力
遠較霓虹彩管的熒惑
更能庇護或被歧途迭迷的慾望

尚未踏入飯香繞裊的門檻
在外拖曳兜售了整天的靈魂
最熟稔這裡憩息的座標
且無須抱著衆生的糾葛到處流竄

縱有親情的挑釁也是甜蜜的傷口
此刻　逾期的諾言暫駐在蹣跚的梳發
呷完混沌的晚報
方領悟塑造太多塵世的頭銜
只會引起痙攣與腸胃炎

溺玩在自己複製的臉龐
這款世代執著傳宗的遊戲
營築在一方苦戀的屋簷下
生生滅滅

二〇〇四年二月十六日

送別

澀澀的穹蒼猶似互送者的
眸色　總有醞釀在胸膛的情緒
此刻開始逆流迴盪
忍不住觸思曾經歡愉的時刻
或是反覆乏味的聚日
驚覺就此一別
竟是永不輪迴或睽違的憧憬

叵匝流動著一幀不安的畫
闃黯與疲憊相互揮別

彼此揣測忍吞的膠狀虛脫
隨著漸遠的背影
窸窣夢裡重現的
輪廓

二〇〇五年六月

後記：二〇〇五年自四月至六月之間，分次送別父親，母親，小妹搭機返美，我自桃園機場搭車返台北途中，詩緒滋生而成。

寂

秋天過後必須收拾曝曬的
愛情童話　無糖綠茶與低因咖啡
開始發酵無生殖負擔的性愛
以及饗宴都會風華剝落的迷亂

沒有頭緒的憂傷
一首詩正乾裂的醞釀
而外界的慾念正滂沱
到處蒐集資源回收的情愛

（網交與簡訊仍舊無法治療的
總是雙人床臥著單身貴族
排列著折騰的塔羅牌　作夢）

二〇〇四年三月

寂寞局勢

——下午茶隨筆——

開始繁殖的下午茶渲染成
高貴的休閒　其實
那是孤寂靈魂惝怳的凝聚
咖啡與釃茶無法沉澱裊裊的唏嘘
切片的傷慟如塊塊方正的餅乾
入口香脆卻淹沒在無法消化的腸胃
呷啜剔澈的果汁搖攪透明的話題

統獨黑金整形外遇
都是無法曝曬的交易
自助式點心最易揣測貪婪的窘態
總希冀盛夾滿盤甜膩的幸福
一路隨手採擷竟是煮熟心事的沸點

隨著夕陽打烊
體面的俘虜開始潰散
回家後仍是那張爬滿慾望的單人床
或兩個從不相疊的枕頭

二〇〇三年十二月六日

探索

卅五年前，我的名字在傳鐘裡嘹亮
驕傲卻無知的飄響
前景是一片片標列序碼之拼圖
信仰與湛藍的穹蒼同樣清澈無瑕

每一道被觸動啟開的門扉
裡面總是充沛驚喜與雀躍
用青春的慷慨與夜空交談
用杜鵑的怒燦與愛情交談
用釋放書包的重量來祈望

每次佳節的愉悅
總在夜遊或舞會中廝磨初熟之羞澀

當莎士比亞與托爾斯泰夫
編織妳彩麗的繆思
李杜的豪逸與悲壯
悄悄浮動在很中國的月色下
韻敲出龍族的鄉情客心

尼采耿耿信仰的疑惑
叔本華悲愴之意志與表象
荷馬「伊利亞特」與「奧德賽」之濶壯
讓我們憑弔着聖哲鑠銘的結晶
也憑弔着酣然的紅塵

欲從懸夢的蒼空
探索希臘神話裡的浪漫與愛恨情仇
讓高舉的雙手擱淺在
繁星的拼圖裡
以束束浩淼的柔光
梳理妳縱橫萬里的敻古喜悅

二〇〇八年四月五日

後記：長女巧庭，習母性，稟格樸實，自幼鍾喜天文與語言，尤趨星象與俄語。今榜題台大外文系，余有感曩昔亦名叩傅鐘，嘆歲月之荏苒，見初長之驚悅，詩之。

晨曦公園

太陽緩緩昇起樹的光與影
鳥啁開始編織晶瑩天籟
昨夜草坪上餘臢男女糾葛的
存溫　與脆怯的露珠
漸漸曖昧褪散

推輪椅與坐輪椅兩個族群
看似和諧的圞集一起
推輪椅的嘹亮數說異域新鮮的喜悅
然後喟嘆鈔票的厚度與鄉愁的濃度

同樣迅速蔓增
坐輪椅的囁囁細言生命之桑滄
最不忍捨棄的鄉愁竟是
牽掛的塵世

同樣的舞姿同樣的太極拉拖天地
而頻頻吮吸所謂養生的
葉綠素　吐納出盡是
年華老去的悔慄

二〇〇四年四月

冥

黑夜是一個偌大的蒸籠
將深藏的記憶熱騰騰裊出
然後逐漸擴大或被扭曲之傷痕
開始舐撫較晦暗更深邃的隱痛

逆向翻讀生命如同逆流的血液
令人痛楚與無法平靜
曾經被慾望編織的歲月
曾經奢侈到等待是一種喜悅的滋生
所有的劇情都在拒絕與妥協中落幕

嚐試從發酵與顛覆裡印證存在
試問　在囿限的水塘裡能濺出
幾顆浪沫

二〇〇三年十一月一日

流光之傷

用日光月色曝曬的慾念細數著
用春夏秋冬惑迷的色盤細數著
用漸皚白雙鬢乾裂的荒蕪細數著
用朝代歷史的異象因果細數著

用情人腐蝕的諾言細數著
用潮汐捲濺的浪花細數著
用雨敲窗扉漸黯的黃昏細數著
用漸老的愛情被圍築成無奈的疏離細數著

用澎湃心靈蘊生的硬度細數著
用宇宙赤裸原始的爭端細數著
用容顏　用古今聖哲的茫然
細數著

二〇〇六年五月七日

交會

——無法踰跨的宿命——

前言：兩代不同時空的坐標，只能在重疊的縱橫軸上作有限的感觸與了解。父母與子女無法重疊的風采與凋萎，是人類永遠之隱痛及宿命。

妳無法目睹曾有怒放的風采
流連踏月賞花
用漫溢熱忱的溫度
揣量春天各種味蕾

有時刻意迎著淋漓風雨
將豐饒的感觸成詩
或躲在一段若即若離的戀愛裡
喜愉與泫哭
（妳無法臆測我跌宕不羈的輕狂）

妳卻驚見皚皚落落的斑鬢
以肅穆無言來阻禦世情的拍擊
沒有任何可解的風情
彷彿對上蒼派演的詭譎劇本漸漸釋疑
反正所剩的夕陽只夠煮沸
一壺僅供回憶的釅茶
（妳何必認眞思索我的謙謹木然）

我熟稔那牙牙匍匐的乳味

每啜吮一口便吹大青春的汽球
紛繽瑰麗且任性涉險
偶有傷痕也能迅速舒解癒合
慣用疼惜與憐憫編夢
以眞理喝斥灰暗衍生的伎倆
（或有運氣陪著妳結髮後
另一種棲息
重溫多愛多慮的養育生計）

我無法悲忡妳在搖椅晃出的癱瘓
佝僂的背脊與抽搐的顏面神經
亦不必撞見妳游離的皺痕
竟是流光將童眞雕鏤的凋敝
此時，我早已用恆睡抗拒這殘酷的悸慄
（我們彼此陌生

我的青春　妳的垂老
在分歧的時空裡
相互　無　法　端　詳）

二〇一一年一月

印象

寄 余光中先生

從天空很希臘到藍星
從落馬州的望鄉
連接記憶鐵軌延伸之鄉愁
時光的甬道還是逆轉到
廈門街的衚衕
談笑時總是俊雅如唐宋的瑰儒
就算悲惻黃河的潰澤
長安的兵燹

仍是一介溫文淋漓之詩魂

如今，淺淺的鄉愁震撼浩浩的神州
曩昔的五陵少年已江湖成
萬千仰盼的盟主
而你仍忘情於高樓對海
仍挺住一支燒沸的筆
重覆感覺與永恆拔河的
滋味

二〇〇八年七月十二日

後記：初識余先生於上世紀七〇年代初，時詩人羅門將吾等「台大現代詩社」的成員引見，余先生談吐溫雅，出口皆成美麗詞句，衆生印象深鐫。今值余先生八十餘歲，多次重聚於徐州研討會，相同情懷，唯感時空惚恍，詩之。

有一種心情

1

有一種心情，疲憊時刻呈現落日顏色，眺望狹窄的海峽便
開始蒐集膚淺的鄉愁，卻不知如何向世人闡釋通訊通商通
婚卻仍相互叫囂敵視廝殺
（這是一種溫柔的哄騙）

從末目睹如斯弔詭的史頁，熟稔的典籍歧分成兩種孿生的
字體，一種膚色臆測兩樣被阻隔的情懷
主義　是焚落的星

曾經高掛且悻悻指引
茫茫道途
無人敢跨越荒唐的禁忌，只好種播更多的宣言，然後將腐
汙的圖騰
冷冷推給無知的後世

2

有一種心情，亢奮或沮喪時刻呈現落日顏色，邂逅之後總
是疊上不同的面具爭取煎熬前的愉悅，
族群生存繁衍的憂傷總是無悔的
（這是一種溫柔的哄騙）

從記憶匣子抽出的涼意與痛楚，除了床笫間親暱飢渴的密
碼，我們啃嚼著虛僞的美德維生。行囊裡的情愛永遠是一
則發酵的謎題，肢體的溫度遠勝激辯之誓言

那些善於告別與切割不同情緒的伴侶，反覆試測
靈慾的味蕾，旺盛的自信窒息成一幕現代速食文化櫥窗，
呈讓路人與演者透明的相互瀏覽

3

有一種心情，感念天地悠久時呈現落日顏色，悲盡青絲轉
白髮，叩訪舊識皆爲鬼之悱惻，仍忍不住燃起豆燈引來唐
宋之古棧，或將雨瀝節分成段段泡過茶香的現代詩句，一
舉不飲不爽不瀉不快之情緒

終可張貼在殺戮沙場無人睥睨之副刊角落
乾枯殉滅
（這是一種溫柔的哄騙）

二〇〇五年四月十六日

夜別

聽著漂流的風雨
聽沉沉的跫音磨亮夜燈
影子與影子的揮別是沒有淚痕
黑暗正明快切斷漸離的背影

誤闖的邂逅最傷感
而往事不是惻惻丟頭便可拋忘
執意將隱痛與世界的冰冷隔絕
愛與恨總是在生命裡持久互擁

妄想月色可以晒乾鋪展的相思
夜霜濃時
正是縈念靦腆倦醒

二〇〇八年六月

始末

有一幅淡淡的哀愁
自山色水光逼近
匼匝充滿驚悅的邂逅
然後被飄渺的歲月梳理成
戛然停止的無奈

曩昔熟悉的甬道
清晰如鏡裡影子
觸摸時只會沾上塵埃
以及令人無法跨越咫尺

那種心痛的距離
縫合傷口
同時縫合逐漸僵硬與倖存的心
沿著生命的始末燃燒

二〇〇六年三月三十日

拔

小時候，替父親擇拔
每五根白髮可換取
一次童年歡樂的
糖果零食
事後父親總將之梳理成烏黑的
猶如我稚真笑臉的
璨亮

如今，我的霜鬢被半瓶化學藥水
塗黑　不用兒女費心根挑

而我皺繭的雙手
仍不忘吃力拔掉父親
墳頭的雜草
在清明　在重陽　在忌日
在每次枕邊濡濕
在夢裡悸醒的時刻

二〇〇八年元旦

衆花怒舞　獨缺一枚蝶

——記台北花博——

空氣裡飄浮太多人類的情緒
聽慣淙淙山泉
陽光夾帶鳥啁的早餐
今在恆溫玻璃屋裡用扭曲的綻姿
撫慰都會群聚焦慮的心事

集體的修葺種植集體的愉悅
這裡，我們呼吸着過濾的氤氳

愛與被愛其實是約束自由的
寵物

嘗試習慣在光鮮都市的叢林
被多款閃爍的鏡頭築夢
風媒是唯一在囿限的空間裡
疑慮是否煽舞分泌的誘惑

雖然他們彼此陌生
但遵循著指定的路綫沿途唱采
在這片濃縮天地的盆栽裡
自然與衆生的耳語開始懂得親暱

在設計過的養份裡滋生
雨露缺席的晚上總有點寂寞

嬌嗔只得在幽微處
渾然傲盈

挺立的身形蛻變成掙離土壤的曼舞
繽紛艷麗似乎是情慾唯一出口
爲何爭妍的蕾味
獨缺一枚蝶

二〇一一年六月二十六日

訣

永離與死別的迷惑
在於不經意從記憶的邊陲
驟落　彼此曾經互動的允諾
驚嘆無法轉遞的時空
如何將曾經落款的容顏
重溫　當時不會頓覺或揮手
經年後才從過眼的浮雲
悟解

預知的死別會有刻意儀式

從荒冷無助的神態
刺繡著深沉的悲慟
總有一些莫名的信仰舒緩著
逐漸乾癟的形骸　　以及
平衡周遭絕望與祈求的對峙
直到悽厲的輓歌
覆蓋

二〇〇七年八月二十五日

驚雨

雨季來時總鞭醒我濕漉的慾念
那是一種蕭瑟的快感
猶似童年時蔽躲在室內
仰望屋簷淅瀝滴落的水珠
便轉身蜷縮在母懷裡之溫慰

及長，凝視雨顆斜落心儀女孩的髮茨
滋生成披散在肩上的根根愁絲
便有一股將之撫順的衝動
然後渴望緊擁成歸宿的承諾

在人生競技場輾轉成結實纍纍的
理性　透視了太多的疏離與食言
仍悄悄祈盼微風霏雨
潤澤歸眞返璞的赤裸身軀

可以預言晚年的況味
從編織的雨網裡踟躕在傷懷之深淵
緘默的時間開始風化
鐫刻在穹穸上感性的囈語

二〇〇九年十一月三日

都市童年

童年小心翼翼跨越馬路
聽說昨天滿懷亢奮赴校註冊的國中生
被輾壓成一張鮮紅的紙
不懂死亡的孩群
錯愕囁嚅是否連續劇
佈置殘缺的外景

公寓裡迴傳糜沸的麻將聲
也是一種清脆的告解
謾罵與抗議碩壯誣衊的盛世

書包裡晃盪著高傲的道德
只為參養救贖時的禱文

私密上網　翻看家人的色情光碟
到充滿痙攣的電玩店邂逅情愛
膨脹著各種跋扈細菌的童年
仍在沒有蟬嘶的午後
荒涼且敏感的渡過

二〇〇五年九月十八日

游離

都市是色慾群居的
體溫指標　潛逃的靈魂
被擺設成咖啡館櫥窗的盆栽
或在夜店舔舐支碎情愛
寄宿在名牌的衣裝裡醱酵自信
卻彼此睥睨心中虛浮的痛

企圖以科技修葺時間的斑駁
容顏的紋痕瘦了
而心靈的皺褶卻肥沃起來

不知如何收割惘然的行踪
萬座寺廟掠過的梵音仍然無助

眞實的世界與虛擬的網路
同樣販售溫柔
在特定的時段內讓醜陋的慾念膨脹
瞬息的感動　使承諾變成日後的謊言

情緒只是臉容隨時換掉或
張貼的風景

二〇〇六年九月十六日

無題

游絲

一具具的蒼白
在無塵的密室裡
只將緊裹的靈魂鉻鏤名號
同樣的面罩同樣的肢體語言
試圖洞悉彼此的行徑
我們將人性扭轉成
科技的奴隸

這裡無法躡入月色或花香
豐腴的情愛只能擱淺

用嚴準的溫柔撫慰冰冷的金屬
讓種植戮殺人性的程式生命
複製纍熟
而外面的世界流行匹配我們繁衍的
宿命　　孳生千萬同樣的肢體
同樣的情緒

二〇〇七年二月

後記：科學園區內有不少的無塵室，在內工作者全身裹包無菌無塵的衣罩，彼此在不識盧山眞面目的環境下就事相處，有感爲記。

虛

在恍惚中讚嘆永恆的蒼涼
我們的存在確是瀚漠長空閃逝之
過客　前後皆沉浸
在灼灼且渾厚的闐暗裡
而人類歷代重疊著污濁的史冊
也只是太虛中毫無意義的
塵粒

命運的玄奧與生死的迷思
似乎非禪非佛非聖哲可解

將生存交給飄泊
將死亡交給空寂
然後嘗試感覺　　赤裸　　虛無
璀璨　　滄桑
抑是人類唏噓停泊的宿命

二〇〇八年九月二十一日

愛的演出

1

愛是記憶的斷崖
攀登時的喜悅與恂慄
都被一股欲達頂峰的情緒
營造成叵測之恣縱

途中或會瀏覽到絕色外景
不然情願被煽動失足
愚癡諾守相覷的一生

每當枕間的溫存癱瘓在
熟稔的體肢與細膩的謊言
驚覺愛情是一棵成熟但停止茁壯的
盆栽

2

或者已學會凝封
隱隱作痛的心事
未被允許的情愛
宛如爬藤依附在冰冷的藩籬
無法累熟的果子

被招搖的風雨掃落在
人性敏感地帶
自嘲泣歡

那張偷偷綻放的臉顏
總被悖醒的愧赧壓縮成
罪與謊言即景

二〇一五年三月二十五日

詩人事件偶想

豆燈下卵產一首詩，無人理會
淤積的塵世趁詩集發表會嘔吐
無人理會
所謂詩歌節絕對無法擬比商人
虛創的白色情人節
在台上高吭朗誦引起
滿盤掌響
那是衆詩人互慰的寥落
不如讓人揣測我的同性戀情

不如撥一通從舌尖慍怒的電話
不如藏匿在衣櫥裡感覺（註）
情人與情敵的高潮
不如劈腿之外還是劈腿
隆胸之外還是露股
然後將所有的齷齪拷貝成光碟
讓每天的頭條新聞發酵

台灣的天空仍舊寂寞
枯垂的文學無法療癒鄙夷的傷痕
憂鬱症的體溫上昇到
從高樓躍下的野台戲

二〇〇五年十一月十三日

註：一「名」男仕同時曖昧兩「名」女人，幽聚時兩名女人幾乎同時現身，其中一名只好速躲進衣櫃裡。

過期

倒掉隔夜的茶
杯身仍有一圈苦澀

割捨一段感覺逐漸流失的
情愛　泛潰的心緒
仍會在夢裡滂沱

只有童年的味道
以及展讀古籍的纏繞
漫漶著過期的

溫馨

二〇〇七年二月

舞池

一些逾齡的步履妄想藉著
浪漫的節奏抗拒蹣跚的歲月
流失的青春總被最痛勾起
從飄逸的雲髮掀起蟄伏已久的騷意

渾然的貼步已無所謂眞情假意
此刻，滄桑隨著音符起舞
原始的肉慾亦隨著起舞
只有少數的情愛相互擁抱
其餘則隨暈眩的霓虹燈

旋離新歡的肉體

頻頻揣度眼前伴侶的脈搏
是否在最後一支舞曲卸去
最後的一道防線
然後廝磨出虛靡一夜的沉淪

二〇〇七年七月

廣告

目光習慣被逼邂逅的
在急遽爬昇的扶梯
在車廂內每片玲瓏的鐵壁
在高矮肥瘦的外牆
在所有按鈕打開的液晶銀幕
以爲你會悅愉迎擁的
廣　告

（這眞是一座延袤的牢房）

其實滋養目光的
諸子經集
被壓排在圖書館久未檢索的
塵架夾縫裡

二〇〇七年二月十五日

變奏

春天正在流行
將火星文與時髦的歌曲
播植在彼此糾葛的網絡
讓情感與欲望乖離古舊的
格言　自憐膨脹
不管校園或熙攘的街衢
總以聲色妖嬈的電子看板告別
所謂陳腐多病的章典

此時，誰會艱辛潛越時空

將先秦唐宋的瑰麗高誦
聖哲的影子只能浸潤在孤熒的豆燈下
等待佝僂的學者造訪
科技金錢速度狠狠將風骨擦拭
然後急促繁殖全身鑲嵌藍芽與奈米的
新鮮族類

書坊裡的羸瘦套書卻痴肥塞滿空間
而諸子十家古籍與警世座右銘
卻清靜的披著厚重的塵衣
被逼到無人睥睨的角落
孤嘆

二〇〇八年一月

驚歲

何必驚訝歲月的逝流如斯
懶慵鋪展　夢或醒時
都不忘細數重疊的紅白帖子
總會賸下最後的一張蒼白還禮
到時或有一場不起眼的追悼會
朗誦沸騰其實是貧血的詩篇

離開泛春的日子是遼敻了
心願一個個被敲落

這樣也好　塵世包袱的負荷
只是過多私心覬覦的重量

似乎開始傳寫淋漓的舞台
暗裡竊笑無人挖鑿深邃腐朽的痼疾
只是無法理解
環伺的喝采與讚禮
爲何不能緩遏軀殼與顏面的僵化

二〇〇四年元旦

1974～1978　詩作

青樓

你蹌重的步履踏響我閨房的寂寥，猙獰的月剝落我澹薄的
粉臉，那輕佻的身影終只臥成生冷的挑逗
客官你蛇樣貪婪著剩下的羞澀，而一把散髮終掩不住窗外
之光華，遂有碎落之銀色照亮你清癯的輪廓

一池鏡色盈溢我憔悴之容顏，低頷整裝禁不住簌簌的熱淚
似蠟燭垂灑一地艷紅鞭打著朵朵含苞的笑靨，滿襟香氣幽
幽瀰漫你躍出的慾念只隔一片羅幃之欣然

晚來我癡思少女時的嬌憨群舞幾許拜倒的狂生，今我扶搖

的蓮步顚簸一液醇酒燒著半闇的清醒，衆多非非的目光將
我揉成一把柔柔流水潑濺你漸寬的畫袍

夜夜我無需卸妝，一輪月華映我衣袂黛螺，那陷落的吻痕
匍匐遍體海綿的鱗傷，歲月漸老我愀然的風情縱有殘燭之
哀怨，一曲消魂終解今宵恣意貪歡

趁淚光未泯，且聽我說故園的晚亭曾有翩翩舞影，玉扇拂
翦一夜春色，那展媚的娘子忍住傾瀉的情瀾空守牆外欲躍
的跫音

君且聆聽一闋箏，旋起的霓裳媚動棲息的星辰，我遂揮落
滿天的燦然，顆顆笙歌滴落一盤昭君怨

客官你久違的青衫曾涉足大都江南，那捋鬚的囈語竟成首

首絕句，想你必曾擢第帝旁醉罷飛筆
貶謫的儒生就酾一杯影，你我共濯落魄之衰顏，莫話明朝
驪歌嫋嫋的悽清

台灣大學一九七六年度新詩獎

髮

妳漾著的笑渦是山澗液動而來的冷泉，捲起的鳥聲宛如午夜流箏清脆，日日我輕佻的手舔撫妳泫然欲滴的香馥盈一掌之憐惜。

莫將心事糾纏根根斷腸

妳一把柔意鞭韃我舒適的疲憊，請覆我身讓那幽幽的溫馨滲透羞赧之心房。

寂寞似雨後落花，妳半掩的垂簾深鎖少女卸妝時的恣姿，對鏡話紅顏千絲萬縷淘盡柳眉檀暈。

若有酒色想妳必醉成落日紅霞，幾度東風怎耐相思濃意，那撩亂的舞影裂似朵朵傾瀉的杜鵑，浪客便枕成一春闌珊久久未歸。

台灣大學一九七七年度新詩獎

中秋

所謂中秋是圞月把鄰家姑娘閨房的圓牖貼得密透不過一隻流螢。

傳說瓊樓的釉彩是星光是千萬隻佞信的睜瞳漆亮的。我們撕著頁頁唐詩疊成天梯去掀開雲裯，竟搜到唐明皇遺下的一塊瑰瑋，便這樣灼著誘惑代代貪婪君王的醺姿。神話是越攆越貼耳際，連小孩聆聽時的雙眸恍如一潭深邃的黑海殞落衆多焚燃的流星。

熠，熠著。

嬷嬷曾經這樣說過。

上昇的美麗的神話。
上昇的煙火燻得玉兔的眼瞳成河
秋泛濫嫦娥深顰的臉，彷彿霹靂的穹蒼冥封后羿射日的雷
霆以及那躡手躡足的舞姿吞食一顆靈丹如詠吟一首絕歌的
淒涼。而詩而掌故敲著鼕鼕的銅鑼叩醒長江黃河滾來的是
一疋一疋的歌讚　呵

上昇的美麗的神話
上昇的香柱焦得月姊綴滿羞掩的靨子
炎黃的子孫是善於膜拜善於塑造一尊未名的神，而後用燻
火圍住夜的幽暗，喊風喊雨喊山喊海喊到眾神瞪目，而節
日只是一卷流亡的野史。

所謂中秋是團月把鄰家姑娘閨房的圓牖貼得密透不過一隻
流螢。

古道

不太亮的陽光是殘照
不綴葉的樹是枯木
不餐西風的是瘦馬
不踏古道的
不識古人

來尋的，不是屬於英雄的碑石，不是濺揚一片風沙籠罩更
消沉的古道，你的影子掃著未冬的落葉，終拖倦一地遊子
躑躅而歸。

我憔慮的詩人
較晚些唐朝便來此歇息
你若舉觴
李白的毫氣不減當年
勿邀多病的杜甫
連夢囈的呻吟也是絕句

載不動的是年代的浪潮，此地無扁舟簫韻，看罷月色已醉
倒眾樹借一片蛙聲的嘩然四周便秋氣起來。

一卷詩一場浮華夢
十載寒窗許是十年朱門
而今無人趁螢光
窮千里雲梯

昔有皚髮將軍悲歌堡前
昔有五陵年少豪買千宵
青衫遞嬗官袍終歸青衫
汲取百世功名
終歸一坏黃土
這時，若有路人走過
臉色必然很古

沒有起點及終驛，凡來自四湖五海必給夜涼削得不能再憔悴，凡自酒鄉來的必死抱著這裸裎的幽雅，凡自長安洛陽來的必倦於饕餮霉濕氤氳。

多妙絕的圖騰這裡星兒是捻不熄的燈，看遠方有人舞劍劃出的火花。
朵朵乃戰爭

朵朵乃戰爭

這裡有傳奇的神話
瞧那支白荻
聽得低頭

殘照是不太亮的太陽
枯木是不綴葉的樹
瘦馬是不餐西風的
而長眠古道有
算不算古人

書生

兩片縹縹的袖子竄進了蕭殺的秋天，任風兒的嫵婉他步姿
的急遽仍跨不出枯葉窸窣的午后。

而菜色的臉更瘦癯

恍惚的睡眼捻熄幾許夜半的燭光，每每雞鳴時他便剪貼數
首能倒誦的唐詩呼呼寢在昨夜賸下的涼意裡。

直到太陽發白……

而菜色的臉更瘦癯了。
等候黃昏又怕說愛時揖手的失措驚動一簇簇提燈的夜族鬫伺。一本論語掩不住半臉的羞紅。
（洞房花燭夜）
走陷千里路餐盡八股的霉氣便衝撞上考官怒瞪的目光、撲撲衣袂他便萎縮如牆角的雞抖擻的寫著季節的遞嬗直到秋來他的手僵白的如斯美好
（金榜題名時）

深宮

盡是千響梆聲鬧我失調的睡意，掀開那薄如寒夜的幃幕，
熒熒的燭光吞吐我半身殘影，忽聞門外跫音我欲折的柳腰
忍不住蹣跚的步履，遂似斷箏鏘然隱去。
音韻猶在

巍峨的宮廷蠶食我未凋的宿淚，唯有歌迴笙樂以及無依的
紅燭伴我依依，不見亂紅飄落，幾夕的夢魘猶有憔悴鏡裡
紅妝。

未驚癡情未恨風月未涉別亭，說登龍門說稗官史我千秋，

半載枕寒卻聚淚珠無數。

書法

墨香跟著玲瓏飛忞的手舞得汗水溢湍，那
根傲骨峭直膚色蠟黃的筆幹被暗流的指力
逼得欲休不能

竟然咳出滿紙牢騷

不管行楷草隸篆書的舞影入眼迷亂，盈袖
墨香行走在橫豎撇捺點挑鉤彎裡，髣髴在
宣紙止離離合合的游劃相互逗趣

滿袖乾坤瀉出竟是隻隻汪汪的落影，半推
半就，來去自成磊落的神情

有時亦在唐詩宋詞裡跟隨李白杜甫蘇軾樂
天的狂狷生涯，也會摹擬落花風雨傷春悲
秋淋漓幅幅壯麗山河

切勿妄想齊名義之喧譁顏老的碑帖

趁緬懷盈盈反正多潑一點神秀亦無傷感，
總要讓那匹古老的泉瀑爆裂水響

然後又耐心嚼磨剩餘的美德

登樓

你古色的蕭然
靜寂在每夕風霜
而旋起的渡口
誘盡酡顏仕客
騰雲話國事
沉雁幾度歸

月是你古銅的鏡
遙望江山
近泊西湖

有才子飛沫題詩
斑剝的龍柱
猶有騷怨大壁山河
沉溺一杯燒酒

天高雲湧風急
官客，躍下便成汨羅
想把名字灑舟
扶搖萬世
而波濤浩瀚
淚印無憑
哀哀

一柱沖嘯濯盡來時容光
日依崦嵫

滿腹經綸焚成野話
欲歸翠園
返途無雲鶴
臨江棹橫
對岸畫景明滅

半展紙扇盈拂初降夜色
但依欄杆
看暮秋引斷紅霞
舉樽共飲
惹得壯志泛濫
莫嘆關山月遠
今夕任風往返

顒望長安

未聞干戈隱隱
五陵少年戲耍華燈
而山河猶缺
聽罷後庭花
賣笑中遂有桃顏收斂
勸君狂藉今宵
家國
進仕
青衫
醞釀譙樓漏聲

念及故園多秋
我早生的華髮是一次未渡的
神遊

黃河

這杯滲透過多淒厲的酒比斷腸的傷別還苦澀，原本只是秋聲裡小小的嚎啕，卻泛濫成千萬首仳離的哀曲，難怪你源自邈遠的上天卻接往浩瀚的煉獄。

猙獰的支流截成中國橫斷的歷史，朝代卻被你無意的崩笑驚瘦成一支無人過問的蘆葦，任寒風削來削去。

我們是苦難的一群，就用苦難祭祀你狂舔過的涼荒吧。

春天被你鞭打得綠不起來，我是一介只懂膜拜的草民，怯然從你瀉溢的泡沫討活，中國何尚不是，用戰歌圍築的昂偉也抵不住你一夕饕餮，一次沉淪的嘶喊。

不敢奢望你被歲月養馴，只暗盼你改道時，就留下那片被骸肉酵發過的肥腴土地。

詩人

勸君莫作獨醒人
醉爛花間應有數

去替月亮調色
去揮衆星落我衣袂
將煮熟的唐朝咀嚼

爲一點雨漏守住殘夜
曾惜夜意闌珊
將一份柔柔相思

盈寄那株不解春風的楊柳
無須繫住離人
簫送扁舟
古來別亭未沾愁
那怕揮淚羅巾
招展夕夕黃昏

菊花及娘子的曲線都病瘦了
我久未躑躅的香徑
任落英疏影
庭園仍紛繽得古典
未有翩蝶越牆
鬧醒簾外曉鶯
我灑然的笑顏

濡似江南梅雨
滴響樓頭暮鐘
聲聲傷春
今宵無梧桐悲風
而我多樣的思潮
遙數螢光明滅
似紅豆無數

何處蓬萊
我逍遙的夢居
留住春
夏
秋
冬
那片欲滴鳥語

不滲半滴塵俗

馳古三卷

釵頭鳳

滿園春色，滿園春色拂不去我失調的心緒，年年楊柳爬過宮牆，綠盎便止於我兀坐的長亭。春風釀酒不醉百花斜落不愁，只怕妳紅嫩的酥手，遞上一杯舊日的情瀾，不飲亦醉，不思亦愁。

舊夢新憂，舊夢新憂不自長江潮頭，千古多少離怨恨，早已化成淚痕行行的羅絹，一飄成雲。不哭枕邊情薄，不痛夜半月缺，只怕妳錦書盛綿意，只怕妳私情暗裡拋今非昨，今非昨是獨吟獨唱的孤影，滿懷憂傷的山水啊，妳哀冷的春已無人躍踩，而那蓮步細錯的倩影爲何隱現，在我無意觸及曩昔的歡交，便讓那欲語的顰動勾起一湖心底的痕傷。

人空瘦，人空瘦是沉照晚影的悲蹙，自斟意濃無語。不詩不歌的春，誰叫花間的詩話散似片片無奈的落瓣，掇拾不忍，睥睨不休。

赴京

偏要選擇庭園春滿，樓外翠綠的時刻。相信妻也明媚不起來，當御城的殿鼓敲響，又不知多少娥怨落成憔悴的春

無心追逐蝶翔，無心推開環門而春卻湧入，這時，妻與我密居的書齋一樣泛愁，忍讓春披上便出的衣裝，但未敢踱向雙雙魚嘻的池橋

趕滿身的風塵到華京，卻攜不走故園一柳一顏色，反正夜來月便篩我影，只沒有映在妻心的更盈

十年蜷縮在典籍的霉香裡，陽光與繁麗同樣陌生，羅列的街燈比夜夜冷閃的星象更美，只是不知賣送幾許青樓歌院媛娘的青春，而侯門豪客總在貪婪一夜暗香後便逸似露水

歸鄉較趕來時更焦慮，白日與燈色仍舊等望，唯有妻的髮香已淡。

夕陽

淒蒼的西風將沉落的夕陽愈吹愈紅，這帶雲層皺摺最多，只因終日的湖樂與鄉曲，奏愁了那遺落的艷麗

無人惦懷的路徑，連小草青青的臉色亦茫然。只有你無心拋下的霞影，

能束成娥妝細腰滑動的緞帶，入夜便隨歌色舞影旋迴多少支迷失的強矢
緊插你身上，不然萬物垂幕，怎只你淌血不止，此刻百江靜泓，勿再滲
入半點腥味，免惹怒浪排空，掩溺了初生的星辰

暗角的影子漸漸活躍，城堞哨兵的長戟更亮，手持的干戈被家鄉的思念
愈磨愈利，而蓋身的雲被卻愈來愈涼。

當晨風將你輕輕喚醒，一夜夢域，又塗飾幾許少女的紅粉。

邀酒

淅瀝的漏聲是撒自青雲的酒泉，我豪飆四方的冷露，
忽忙中竟吞下一鏡月華滿臉蒼黃。
我衆多的影子軒然而桌，數聲吟哦遂見長江沸騰凌空
千軍嘶殺萬馬蹄升，我愀然的神州啊，古來幾許英傑
臥成海棠。
今夕長城躍高幾許
北方的殘膚
只干孌我杯底寥寂

聞說歲月高隨林立的墓碑
聞說正氣能凝聚成虹
怎麼不聞
酒能躍馬揮戈
酒能傾瀉千鈞情懷

我且歌且醉
風籟你是琴是笙
勿低聒兒女長情
勿竊紅燭夜語
讓我擁抱洶湧潮頭
一顧山河家園

時讀黃河奔濺萬里的激昂
時暗翻野外隱士史冊

我若夢斷關山
怎忍清杯抱琴淒淒

離騷篇

江淡
月無眠
萬般物華沉澱無息
我是昨夜醉醒的
騷客
驟見一幅黃昏垂落
對岸漁火
成星
飽讀萬卷書

羞見宮廷說客
朝夕笙歌
我怒罷朝笏
換來聲聲浪跡

背遙荊州
猶恨風月不解癡情
無教坊遙歌
送我一亭
又一亭

過盡千嶂
舟子橫隔河河
傳說如午后揮虹
弧斷天際

暮夕我喜詠觴江旁
那失調的民謠
歡躍鱗鱗水族

怕故國凋落秋色
懷王，你樽中搖盪的江山
酌成杯杯熱淚
長飲千日
而巍峨華殿
殘褪無聲

借一把風
借一片江煙
我飄逸的衣袂載動幾許離愁
縱有落水銀花

美如散髮
縱知銅鑼棹響
未罷寒宮
我獨沉暮色
莫待詩篇
成冊

瀟洒江湖

1

雲在天空繡著花朵，朝代繽紛得似一個繁華的王國。
神州的江河亙東，飽漲的太陽吮吸得吐出匹匹白光與虹霞，
浸染著青銅的彩紋。
故事便流傳在百姓的血肢。
且很中國的

2

清明，古老的節日，凡滲有黃河長江的水釀成酒釀成血的，
必懸掛茱萸如幡，必膜拜蹂躪山腰的足跡。
每年，墓裡長著都嘰嚕家族的姍遲，看頭頂濡濕的毛髮，
緊裹我進仕時的烏紗，還不快拔起連同蟋蟀的瞿叫。
陳舊的丘頭是我荒涼的家，每度霏雨斜嚮酒坊的瓷器，我
總伸頸探望一次悲惻的祭禮，或等待一次漆釉的淋漓。
祭歸，路過杏花村。
那場梅雨有點酒味

3

廟前，守夜的石獅早已熟睡且蹲姿仍張牙舞爪朝向擴張的
冥然。荒山的涓流特別響，我雄踞一片沉沉的夜色，若偶

爾燃起一盞燈，必有落魄的貴族投向我，必有貪圖功名的
儒生投向我，必有貶謫的步步陷落的朝臣投向我。
而我的家譜只是一群削落華髮的
吃素趺坐的
睡醒不知涅槃的
數珠子孕育靈光的

疑惑的百姓啊，煙火是否形你多樣的神祇，且祂們兇惡的
咒詛，鬧得你們歲歲旱裂。總是很靈驗流傳在古老的神州
門環扣不開庭院之蕭深，躲了數千年的臉色，藏經樓的詞
典翻不到一道祕方，治好雙雙迷佞的眼暈。
道士疾揮桃木劍
風燒
雨熱

4

萬戶燈火拒迎我這迷古的過客，朝代越跨越陳舊，遠望道上踽行的仕俠，斑斑的裝服，斑斑的青史。凡清癯的祇懂秉燭枕書，眼撿螢光。凡配劍的必曾竄馬平沙弓窮域外敵影。

數條溪流也春不起來的北方，你是神州一副峻厲的臉，你多鬚的荒曠凝雪，你高懸的眸子是一座城堞的警鐘，夜夜睜亮不眠。

唉！還有什麼比蘇武的鞭節更耐冷，還有什麼比昭君的琵琶更幽怨，還有誰比李廣的臂胳更長圍築城牆，還有誰比木蘭的花槍更嫵媚色殺垂涎漢土的寇讎。

如斯嚴酷的北方，中國的經義竟在此萌芽。

中國的經義竟在此萌芽。

萌芽在嚴酷的北方

5

翻了過多的私史，我勢必被逼上梁山讀水滸傳，讀到月落
烏啼讀到四周隱約成池堡。我胸前的瑰玉是一幕黎明，看
雞聲漸揭起薄霧。
那一百零八個多鬚的野漢，讓昨夜的露水壓得他們懶慵，
不練槍不舞棍不躍梅花樁不戲耍刀陣不泅出溝池。
如何晉見大宋的戶坐
（有時緝拿只是慕仰你們羈蕩的才氣，勿怪孤家多禮）
久聞你們義薄雲天，而且有一套很中國的功夫，就留在宴
後餘興，就留在月黑風高夜攝取叛逆的首級，但勿攜回血
腥受封。
大宋的寶殿是一塵不染甚至草民一聲冤情。

6

不冷落夜只冷落閨中的娘子
不冷落功名只冷落樓頭的盼望
中國的男子皆愛滾輾聖賢的格節，沾不到繁榮的爵祿也沾
到一點宮掖的驚心。直到破碎後甦醒的是一場傲笑的夢魘，
月下的窗仍舊寒，黃破的經冊仍舊枕在你不眠的桌上靜思，
靜思你十年的故友，夜夜玩索我的夢痕，今竟乍然歸來重
續塵緣，重溫香氣已淡的髮妻。
莫怪我哀怨泛濫的眸子，瞧西湖上雙雙的儷影，早已濯盡
我少女時的情浪。
今夜重逢，你是夫君
或只是過路的偸香客

7

秦淮妓歌
揚州夢甜
誰悄悄鋪展古色的黃昏，多情的詩人醉上層層樓頭，神州的斷霞起自嘉峪關，騰昇的精魂誰來賦詩。
刺背的岳飛刺出一張殘宋的地圖，囚北的文天祥囚住磅礴正氣，昏懼的宋主啊你十二道截鐵的金牌削瘦著孱病的山河，滿山屈怨的輓歌自往昔花鼓響過的征途嬝起。凡出征的壯士不歸，凡征歸的壯士未解戰甲已解下千世英名。而疆域的異族俯視如大漠的雄鷹，而天子的笑聲只困嬈禁城的苑園，而殫勞馳奔夜戴星晨的孤臣，只爲一面欲墜的旗幟，只爲一片山河未浣淨的羞辱。
登樓的詩人啊，你如何題話絕賦，如何喚醒橫臥野嶺的冤魂。

8

不賣美人賣江山
不侍父命侍紅顏
我乃百戰榮歸的明將，谷陲皆我偉昂的蹄跡，久聞天下第一關的巇險，給我峻苛的吶喊驚得馴服。今我塵歸的傲笑震撼讌座的官侯，而喜慶的舞影是雙雙媚動的秋波。
圓圓，你嬌艷的小名夢閉我山河的殘缺，讓我劍破鏘鏘的玉關，殺一條鋪向我迎你千軍的血途。

9

畫樓深處不知月
薄命紅顏幾度嬌
圓圓，我衝冠的怒髮是纏繞長夜的相思，怎知鼎湖慟哭催人。

莫使金樽空對月
天生我材必有用
我後面隨來的是隊隊長江黃河，窄小的京道如何容我袖裡
的明月清風，如何能盛裝我傾樽的豪氣。我來裁剪一片長
安月，看看是否隱
有胡笳的淒清，看看天子見我醉姿時的驚奇一如百姓吟我
詩歌的驚奇。
我受傷的寂寞未帶走宮庭一支舞影，未懾去千隻愛慕的眸
語。凡曾繁華的只等待兵燹的橫掃，凡平息的必曾給血色
洗淨喧譁。天子，我的詩與你美人的霓裳終敵不過干鑾的
叛將。
有時戰爭是一首奇魄的詩，不聞子美悲壯的吶喊，不聞馬
嵬坡下的長恨調，終必上昇成千古的絕響。

遙拜龍的族史悠長五千年，野店的油燈亦亮了五千年，說古的老頭你如何收藏流失的帙卷，江湖飄瀟幽幽的雨，無數英雄傑仕自你眼眶逸出，嗚冤鼓也罷，風度彬彬也罷，是神是佛是年代殘舊的闕補。
一盞燈便是一次夜讀的見證

花間集

第一瓣

浸過紅霞的花夜夜醉成雜遝給風梳得柔貼的。

我是峭壁唯一攀途引你越過沉沉的冬蟄。三月的春便暗暗
在斜坡繁殖起來。鳥聲摺我多姿的軀體，吹響號角羨妒的
雲彩猶想掩住我底嬌憨的笑靨。

當綠捲薦一陣萎縮的大地後
我本蒼白的臉

吐出一滴血
紅

第二瓣

我濃郁的幽氣孃困蜂蝶的觸覺。凡傾倒我懷裡便日日甜眠，眾生皆是多情浪子怎知苞外陽光跳躍怎知我泛濫的得意碰醒遠鄉小小的驚喜。

不信且看我在水中托住繽紛的葉及投石劃破水面時的
裂笑

我本微暈的臉
吐出滴滴
涼意

第三瓣

吹落如絮的彩麗冠我儼以叢族的國后。看瀰漫的春在蓬勃
之邊緣膨脹。偶然我懶慵的手垂下池旁，水族便忘卻祖先
的遺言。
釣一塘雀躍
漸漸上昇
沉浸過久山靈水氣的，我豐腴的展姿拌住了嘮叨的墨客，
喃喃的情話猶似擎住日歸時的羞赧。
我本涼意的臉
吐出層層
嬌熟

第四瓣

夏末趕來我已聽飽畫眉的婉囀。浮滿雨珠的垂姿，想蜂蝶若醉若倦。每每雨後我總羞對一池鏡色，勿留戀我如我留戀春春留戀金風的大地。

凡躐過原野的皆蒐集殘凋的百態，再無人懷起我的風韻
而我本嬌熟的臉
今是一框失意的
標本

附錄

洛夫與我

方明

一、西貢情緣

一九六七年夏，越南內戰正濃，一如午後陣雨，將壕溝裡、地道旁、叢林裡巔崖峻谷的罅隙之小草野花鞭打得更蒼翠，而熊熊烽火亦在雨水滲透的地方漫漶著。季節在嚎哭，兵燹亦在嘶喊，雨水湧流著戰地沾滿血漬的泥漿，斷壁殘垣截唱著風裡傳來嘹亮卻似絲斷餘韻的輓歌……

洛夫先生被派遣到灼燃淆紊的交鋒戰場前線充任美國軍事援越顧問團的英文翻譯祕書，目睹洋兵以猛烈優勢的武器蹂躪一村又一村不知敵我之郊野村民後，週末日又被送到西貢醉臥妞妮之粉味大腿，在披頭四的樂曲裡幻嘆著虛無的生存，在遙望夜空焚燃的照明彈光暈裡，如貓頭鷹般不安的守著猙獰的夜……

於是洛夫先生一系列的「西貢詩抄」是一個未足月的嬰孩，急促伸延手足與啼哭來到苦難的人生，而他篇篇彷彿地雷般震撼讀者的詩歌，亦喚醒了當地不少華僑年輕詩人……

應該是一個黝暗靉靆的上午，斜雨料峭，西貢大學禮堂裡，有一場先生演講「中國現代文學之發展」，以及解讀《石室之死亡》創作心路歷程，蟻湧的聽衆有不少是華僑詩歌愛好者，我亦在其中卻茫然不解，時值十三歲，這是我與洛夫第一次隔著講台的接觸。

在一九六五年至一九六七年洛夫先生留在越南兩年期間，時而戰場時而詩域，故結識交往不少越華詩人，講詩說論時刻總在花生啤酒的黃昏渡過，促使一些愛詩的幼苗漸漸成長茁壯，終於孕育出數位卓秀的越華詩人（拙書《越南華文現代詩的發展》裡有詳述）。

時光總似一支無情的箭矢，在疾速的逆旅中沾染滄桑的塵埃，讓豐沛的心靈漸漸銹蝕、無奈枯萎。經過數個月安排聯絡，終於在二〇〇九年三月二十九日，我自台灣帶領洛夫伉儷重踏睽違四十一年的南越土地，同樣的雨季，同樣的日落黃昏，同樣一些街衢的氣味夾雜著陌生的人群，這種感受是多麼奇妙。在一群當地華僑詩人蜂湧呼歡下，是朗讀先生熟稔的詩作，是酒的醉鄉美食讓洛夫先生重溫那段崢嶸的血腥歲月，是同樣淅瀝的雨簾與魚露鹹味網織著舊日之故居，一切都是無痕卻充溢在氤氳中撼動先生的心坎。當洛夫先生的皮鞋有些蹣跚踏上昔日壕溝戰場「古芝地道」時，他彷彿聽到咯咯的軍靴在四周迴響，死亡變得很熟悉，歲月卻蜷縮得很陌生。曩昔的軍舍已改建成聳矗樓幢，而被時光佝弓的前庭大樹，仍有意無意的向洛夫先生揮手招呼：老友，別來無恙吧。

二〇〇九年四月三日，經過五天逐漸伸長的緬懷苗芽、被我們歸途的腳印踐扁而無氣息，再次揮手告別南國的山水，所有的緬懷被飛機上一杯紅酒灌入，在肚腸裡隱隱發酵。

二、椰林呼嘯

椰林的杜鵑花趁春風揚臉仰望昂首闊步的驕矜學子，一九七四年在台大期間，廖咸浩、楊澤、苦苓、詹宏志、天洛與我，共同創辦「台大現代詩社」，我們曾向洛夫先生請益詩學，他是超現實主義的實踐者，那時已印行詩集《魔歌》，散文集《衆荷喧嘩》、《洛夫詩論選集》。其後洛夫到耕莘寫作會擔任詩歌組的指導老師，我們之間的互動稍更頻繁。我曾僥倖兩度獲得台大詩歌與散文獎，其中詩作〈青樓〉、〈髮〉被洛夫先生讚賞不已，後來他以書法抄錄拙詩從這兩首始端。一九七九年洛夫應香港「詩風」詩社之邀請，赴香港訪問與演講一週，我也適逢在香港而深受沾露，那時洛夫先生年值五十，詩的活動與創作正邁向巔峰，相繼演講、評審、交流等行程亦密集無隔。

一九八二年底，我赴巴黎就讀，艱辛繁重的課業與孤貧之生活，使我中斷與台灣詩壇之聯繫，甚至詩歌創作也疏落無幾。

三、詩書神州

再次與洛夫先生深切緊密交往應是上世紀末端，那時洛夫伉儷已移居加拿大溫哥華數載，他們幾乎每年均返台北省親與參加一些詩壇活動。也許是投緣，也許是莫名的契合，我們私下相聚的時間與次數尤爲頻繁，洛夫先生稱我們爲忘年之交，他開始認眞閱讀一些我的作品，對我詩作以古典溶入現代的風格尤爲喜愛，並曾寫下：「方明詩歌中兩項與衆不同的內核：既是委婉的感性表達，也是深沉的哲理闡釋。讀方明的詩，首先必須拉開時空的距離，他的滄桑是一種美麗的悲情，而他卻以詩超越它。他的詩寫的都是我們形而下的生活瑣細，但這種瑣細有時會攀升到某種高度，一種形而上的生命感悟。文化傳統一直活在方明的詩中，不論怎麼讀，你都可從他的詩中嗅出李白的儒俠之氣，杜甫的沉鬱之風，李賀的苦澀之味，讀出盛唐衣冠上殘留的戰火餘燼，和流離途中永遠乾不了的汗跡和淚水。方明的詩典雅中帶有一股森森逼人的冷雋，他的意象思維傳達了他對歷史、現實、生命與大自然的深層體悟，而他眞正的詩性張力卻繫在一根纖細的、擺蕩於兩極之間的蠶絲上，一端是留連古典與浪漫情懷中的歡，一端是揮之不去的殘酷歲月與戰火硝煙織成的悲，於是悲與歡，笑與淚，色與空，現實與夢境便必然而又無奈地鑄成他生命的鐵軌。這些，不但承載了他的傷痛，也標示他從人生風雨中走來的一個個腳印的意象，都一一呈現於他的詩集《生命是悲歡相連的鐵軌》中。」

之後，其中有三、四年時間，洛夫先生竟利用返加拿大靜居家裡的日子，以毛筆抄錄我的詩作三十餘首，對我是一種無上的驚寵，他為人隨和善待，故以書法餽贈親友相當落落大方，但絕無替任何詩人抄寫如斯多的墨寶，其中更有我的長詩〈瀟灑江湖〉與〈清明〉，細小的字體佔滿超遺兩公尺的長卷，聞說潤墨超過一週方成，這種對我厚愛的特殊情誼，難以爲報。

二〇〇九年十月，湖南衡陽市為興建「洛夫文學館」之奠基儀式，舉行一連串的慶祝活動，其中包括「洛夫國際詩歌節」、「洛夫書法展覽」、「洛夫詩歌論壇」及朗誦晚會，因洛夫先生之推薦，我是來自台灣兩位之一能參與盛會，那是我首次出席大陸詩歌之交流活動，對周遭情景與儀式都顯得陌生好奇，當洛夫伉儷與我車座進入衡陽市後，主要的大街市道均豎布寫著「熱烈歡迎詩人洛夫」之充氣條狀氣筒，奠基儀式更吸引數千市民萬人空巷之觀賞，湖南省各級政府領導，以及來自世界各地之著名學者、詩人、媒體記者等亦有超過百人之多，全市呈現雀躍騰天現象，這是對洛夫先生最崇高致敬之讚禮，來賓均被贈予一座紅釉漆上洛夫先生詩句金字之花瓶，情物皆珍貴，是晚餐宴大會，我以法文朗誦〈因爲風的緣故〉作爲向先生致禮。

之後，洛夫先生的詩歌與書法之佳譽在大陸迅速震響神州京畿與省市角落，每年受到邀約出席的重要研討會、論壇、評審、講學與書法展出活動紛沓而至，其中更有著名景點豎立洛夫先生的「詩碑」、「字帖」或是飛簷題書，其中知名的是長江三峽之詩碑（出三峽記）、揚州瘦西湖的詩碑（西湖瘦了），以及寒山寺以行書而成的石碑（楓橋夜泊）……

洛夫伉儷皆希望我陪伴出席大陸之詩歌活動，但我亦因工作忙碌加上避免不必要的流言，故在過去十餘年近百場之邀請活動，我只參加不到十場，此刻回顧起來，有點惆悵無奈。

洛師母曾對我說，有一次他們在大陸訪問兩個多月，穿梭在海棠葉莖脈分布大小省縣，連機票及火車票共乘了十六趟次，主辦單位深怕兩老奔馳辛勞，指派了兩名年輕學生陪同伺候，最後這兩名學生因舟車勞碌而病倒了，而洛夫先生仍然精神奕奕，時洛夫先生八十五歲，師母欣然謂先生必過百齡，怎知人生無常。數年前秋天，洛夫先生在南京參加詩歌活動，早起沁涼，已有初寒，我們一起在飯店內晨泳，整個泳池只有我們兩人縱橫，不亦快哉，其間還鬧了笑話，洛夫先生向服務員要一頂「浴帽」，但因其湖南口音，待者聽後問洛夫先生：「你要『綠帽』做什麼？」不刻，早報送上來，洛夫先生的相片與報導閃現眼前，服務員才驚覺眼前的老人是著名詩人，更加殷勤伺候。

二〇一四年十月廿五日，我的家鄉廣東東莞文聯單位，以「漂泊與回歸」爲洛夫、楊克及我舉辦了一場三人的詩歌朗誦晚會，由亮麗大方的詩人皮佳佳主持，是晚舞台曲流詩揚，彩燈耀空，我年近九十歲的慈母亦在席上，亦算是一種榮祖宿願。

四、風月趣居

洛夫先生爲人隨和但並不隨便，處事之意志力相當堅定且有持續的毅力，他在五十五歲入暮之年才開始習書法，師事謝宗安先生，之後，幾乎日日練字而從不間斷，七十歲那年才開始學習駕駛，以求在溫哥華生活外出之便，直到數年前高齡八十六歲時，因一次開車或許恍神，連續撞上四部前車，但洛夫先生福大命大，竟然毫髮無傷，自此醫生向他下達禁駕車令。洛夫先生嗜好美食，但也不挑嘴，耄耋之齡，毫不避忌煎炸油膩食品，尤愛臘肉辛辣之故鄉菜餚，這應與他青幼年時在湖南度過有關，早年有吸菸之習慣，晚歲也將之戒掉，當然詩人是無法遠離杜康之誘，只屬小酌，他曾寫下名句：「酒是黃昏時歸鄉的小路。」他唯獨對日本料理興趣不大，中西餐均適納胃口。

近年來我曾兩度到溫哥華探望洛夫伉儷，一次是參加其「加拿大漂木藝術家協會」春節聯歡晚會，最近一次是去年（二〇一七年）六月份其舉家搬返台北之際，兩次造訪，洛夫伉儷均留我居宿共度，故對洛夫先生在加拿大作息略有所悉。洛夫先生約清晨六點半左右起床，梳洗後便到書房練字，師母八點鐘左右準備好早餐共桌，餐畢洛夫先生又進書房習字或創作，時近十一點左右，他便獨自駕車去游泳（約半小時），之後便返家或與師母在外共餐，下午小憩片刻，接著的生活節奏便隨興而過，或看連續劇，或接待親朋好友，亦有一些粉絲來探望，晚上多有酬酢筵席……

洛夫伉儷在溫哥華的藝文活動不少，其創辦的協會時有配合音樂演奏與詩歌朗誦，尤其每年一度的春晚盛況，更是熱鬧喧譁，爲推廣華文之傳承貢獻良多。

洛師母稱得上爲萬能賢內助，不但是烹飪高手，燒出色香味俱全的佳餚招待親友，更助洛夫先生安排及牢記各種行事曆表，宴席之間，更能糾正來賓錯念洛夫先生的詩句，對洛夫先生起居照料可謂無微不至，甚至出書安排，書法展覽細節，以及酬勞稿費收取之提醒……

五、漂木歸流

二〇一七年三月，洛夫先生在加拿大驗出肺部有黑點，再次篩檢時乃惡性腫瘤，這對洛夫伉儷無異是晴天霹靂之打擊，尤其是師母認爲洛夫如斯碩健的體魄，活至百年是正常的，我亦如斯期待與篤信，因爲我曾目睹洛夫先生在大陸每天行程安排：清晨在酒店早餐後，便被接去開研討會或演講，接著中午便與當地領導、學者共餐，下午稍微在飯店憩休片刻，又被接去「趕場」，甚至晚餐時亦要暢談創作經驗，或錄影訪問，就算奔波了整日返回房間，亦有不少仰慕者與當地詩友叩門求見，有時相聊忘時，甚至直到深夜十二點仍不願離去，若逢新書發表會，半天時間要簽名數百冊詩集，誰會料到鐵打的身體也會被癌魔侵噬。

洛夫先生得悉患染惡疾後，便與師母商討後將棲居二十年的溫哥華「雪樓」出售，並於同年六月八日搭機回流台北市莊敬路之老家，因倉促決定遷離，故六月初才開始整理打包家裡細軟、冊籍與書法手稿，也許是冥冥中緣分注定，我事先並不知曉洛夫伉儷如斯匆促的定奪，早已買好機票作例行性的探望，於是便留下幫忙整理打包，除了保留一些典卷與書法手稿外，還有不少親友及粉絲餽贈的酒類茶葉衣物等，紮裝起來有廿個大紙皮箱，託運返台，餘下一般物品書籍，均分送給當地親友，（也許有朝「方明詩屋」之珍藏墨寶亦要送出）最後，洛夫先生要我在其書房幫忙拆看其累積的往來鴻雁，再決定那些保留或擯棄，洛夫先生對我眞是信任如己出，在拆選信件之際，除了不少來函索取墨寶，懇託求序或是爲之美言作品外，竟有少數文人下筆詆毀或造謠生非、文壇乃小衆、詩壇之名利更薄，尚復如此，何況世人紛擾之事，令我感嘆久久不已。

返台期間，洛夫伉儷亦有數次暫榻「方明詩屋」或到我家小住幾天，我在家裡準備早餐時，方知他喜吃蒜泥法國麵包、清粥豆腐乳、燒餅油條等懷舊小吃。

六、天涯楓夢

洛夫伉儷幾乎每年都返台短居，而且回到自己熟識的莊敬路老宅，故對周遭的生活機能與環境一點也不陌生，每次我開車載他們外出時，師母總能指揮我如何駛向以求捷徑，她的方向感令我佩服不已。倒是他們開始懷念溫哥華的流金歲月，那裡有一群相知至交的老朋友；章邁、佳利、立宏、美蓉、湯月明、謝天吉、張劍波、亞輝、宇秀以及瘂弦老師……，也有不少忠實粉絲噓寒問暖，料峭的氣溫與偌大的庭院，栽種著七棵大樹，有梨、李、櫻桃，每季採擷不同的纍熟果子，亦是餐後甜潤的食品，而師母在寬闊的廚房裡總能變出色香味的佳餚，而洛夫先生在靜謐的書房裡，揮灑出一帖又一帖微笑墨韻……，這些點滴卻深刻的生活緻趣，洛夫伉儷不斷重覆傾說，在午夜的夢迴裡亦然。

七、餘歲相扶

二〇一七年六月洛夫伉儷返台後，抱著樂觀的態度重新生活，一邊與我去找適合的新房子（洛夫先生希望擁有一間書房寫書法），同時開始一連串的中西醫混合治療，幾乎每週必須到醫院抽出數百ＣＣ的肺部積水，目睹膠管吭出夾帶血絲的流液，我幾次不忍轉側抽搐，但我從不見洛夫先生喊痛或任何抱怨，他有時只有輕說：「不太舒服。」正如他寫詩時之赤子之心一樣，他總聽從醫生們吩示服藥，留院或其他治療流程，這段日子，師母對洛夫先生之衣著、飲食、服藥，四周冷暖，作息提醒，更是盡心耗力，終至亦因操勞過度，數次惹病。

洛夫的鞋子有點平滑，不易行走，於是我載他到和平東路某大賣場購買一雙新鞋，他很快便選了一雙防滑的球鞋，外型有點新潮，還向我說：「方明，這雙鞋子十分牢固，我應該還可以再穿個三、四年，走，我們一起吃晚餐……」那晚洛夫先生的胃口很好，選了一雙好鞋便稚氣欣躍……，這只是五個月前的情景。去年十一月份，師母與我陪同洛夫先生去剪髮，恰巧店裡的理髮師是來自越南的小姐，洛夫先生說他只記得一句越言：「小姐，妳很美麗。」逗得那小姐很驚愕的望向這位老先生，備感親切。

初春微露，偶有蔚空，洛師母說：「方明，天氣好時，我們可載老師到郊外『放風』。」二〇一七年十二月十日，適巧洛夫先生深圳好友周友德伉儷來台探望，我開車載大家去淡水福容大飯店吃粵菜，吹海風，觀浪潮，洛夫先生尤愛吃鳳爪、廣東燒臘……

二〇一八年二月十八日大年初三，雲柔氣煦，我們一起到基隆潮境公園觀看山岩貼空，之後便到附近的碧砂漁港海鮮店，等候蝦兵蟹將到餐桌報到，洛夫先生亦好胃口的剝食一隻沙公及其他魚味，這只是兩個月前的愉快時光，但亦是洛夫先生最後一次郊野之行。

二〇一八年二月廿二日，洛夫伉儷、女兒莫非、兒子莫凡闔家年節共餐，邀我齊食，這亦是最後一次與其全家福餐聚。

八、詩魂悠悠

洛夫先生病情時好時差，直到他仙逝時，這一年對抗病魔折磨的日子裡，他沒有再寫詩了，倒是替《兩岸詩》詩刊寫了一篇九十歲生涯之感懷，亦是他生命總結的遺作，其中有一段提到我倆的情誼：「最後我要感謝忘年好友詩人方明，特邀我為他的《兩岸詩》寫這篇雜憶稿。方明近被中國詩壇評為新詩百年最具影響力的詩人之一，他曾一度聘任《創世紀》詩刊發行人，不久他又獨資創辦《兩岸詩》銷行台灣大陸兩地，為兩岸詩壇的交流起到積極的作用。

方明事親至孝，每年至少兩次去美國探視老母。今年（二〇一七年）五月適逢我九十壽辰，他特別從洛杉磯趕來溫哥華參加我的慶生壽宴，使我深爲感動。方明在台北置有一間詩屋，面積不大卻布置雅致，頗富親和力，兩岸詩人、作家、學者經常來此相聚，詩酒留連，賓主盡歡。這是詩界韻事，想必會在中國新詩史的雜誌篇中留下一段佳話。」

莫凡在這段日子總是每半個月便自工作地北京飛返台北陪伴雙親，且總是親自下廚爲父母親煮食，他亦燒得一手好菜。爲祈求父親康復，他不惜遠入山寺跪求靈符，莫非亦頻趁下班時趕來相陪，使洛夫伉儷十分欣慰……

二〇一八年三月十日，我自澳門交流返台，洛夫先生約好到其府宅相聚，但我依時抵達後卻撲空門，原來洛夫先生因氣喘加重緊急送院，時尚清醒，與師母及我仍可對話，頻頻問我代爲設計的新名片何時印好，因上面有加印「國立中興大學文學榮譽博士」字樣，三月十一日偶醒時，對師母說要回書房工作，可見洛夫先生之求生剛毅甚強，師母應答這裡是醫院，沒有書房。三月十二日因病情惡化轉入加護病房，之後多沉睡，其間，醫生趁洛夫先生乍醒時，指向師母及我，問是誰，洛夫先生微弱回答：「老妻」、「老友」。三月十七日晚上，洛老一手握住師母，另一手握住我，長達十五分鐘，之後入睡，當天香港詩人楊慧思亦徵得洛夫先生同意見面，我亦播放譚五昌教授的「辦好洛夫國際詩歌獎」承諾之微信留言，洛夫先生點頭言謝。

洛夫伉儷彼此提到「生死之事」時，便嗚咽不忍談下去。三月十九日凌晨三時二十一分，一代詩魔仙逝雲遊，沒有留下任何遺言，除了首首撼動心靈的詩篇。

長空掛劍話傳奇

懷念楊牧先生

方明

前言：楊牧，其人如其筆名般的優逸傳奇，當他溫文講述一段文學軼事或冷澀理論時，他是學者楊牧。當他遞上一杯親自調製的雞尾烈酒而訴說詩詞的盈虛與懷情時，他是詩人楊牧。

漠漠的穹蒼，雨點時落乍歇，庭院數枝綴艷的櫻花，被風雨鞭打成數瓣疏稀剩餘之孤傲，所有生命自璀璨至凋零，皆是宇宙萬物法則最沉痛的定律。二〇二〇年三月十三日星期五，不祥的數字似乎容易引來不祥的兆頭，詩人畫家羅靑於下午五點三十五分來訊：「楊牧走了……」。

楊牧對華文文壇的作家與讀者而言，既熟悉又顯得遙遠陌生，熟悉是其累累牽動江山馳古躍今的作品，宛如灼灼焚紅的火炬，燃照著時代文青與讀者被撫慰的心靈，陌生是先生的行徑像種植在庭園深深的含笑樹，只讓在高牆外熙來攘往的行人，只遠香陣陣，但卻無從觸及。

楊牧，我最熟稔的莊嚴及名字，楊宅與「方明詩屋」由一道二十公分石牆分隔，且先生後陽台與詩屋客廳只有咫尺之遙，只要打開客廳窗牖，時會隱約感應到先生在案前沉思徐筆，或有書冊翻閱窸窣之聲，就算在春光媚景傍分，他亦隱埋在斗室薄薄的燈暈下，讓詩神時而馳騁在袤廣的曠野上，或將謳歌激沖在奇崖峻峰之湍瀑，不然讓吟詠鋪灑在月色下一條小小的溪流，潺潺道盡人間華燦及無奈。

以往在台灣大學「現代詩社」青澀臨鏡的歲月裡，與楊牧先生的緣分，也許在聲碎話長詩歌座談會上，也許在燈淡影重的朗誦台上……之後我赴巴黎悠悠的歲月裡，先生微紅的淺暈與嚴謹卻又帶淺笑的音容，隨著西雅圖與法國萬里迢遞的阻隔，彼此訊息有如「花落曉煙深」濛濛無覓。

江南春色盈盈的河流，總會邂逅兩岸迎風曳舞的垂柳。二〇〇三年初有朝我踱步至北市敦化南路的林蔭大道，途經一間房屋仲介所，忽有一年輕業務員自店裡奔出，謂本大廈有很好的屋件出售，我推拒說既無預算也沒有準備要購買房子，怎知此年輕人希望我上樓參觀一下，不買亦無所謂……再談之下才知此仲介員是我台大數屆後的學弟，且此公寓原本是一間七十餘坪的大房子，因正逢ＳＡＲＳ賣不出去，屋主情急將之隔分成四十餘坪及二十餘坪兩間公寓，以利脫手，那間四十餘坪的三天前售出，餘這間小而精緻的房子，室內幽雅安靜，四壁素潔，是讀書閒聚的好居處，因屋主急著現金周轉，竟首肯我亂出的低價格，並由在銀行任經理的同學擔保款，莫名的緣分竟可由莫名的散步而誕生由洛夫取名的「方明詩屋」。數天後晨光將我推門外出，隔鄰亦響起開門的聲音，映入眼簾竟是楊牧伉儷，彼此有種關山迢迢卻同一城門的驚遇與亢奮……那是十七年前歷歷在目的契遇，春天總以曼妙樂章將曾經阻斷的詩心呼喚共舞。

接著下來的十餘載歲月，楊牧先生將西雅圖與台北或花蓮的風景剪貼繽紛阡陌的拼圖，那一處故鄉桃園的溫好淨土，似乎只有在夢裡縈念那茫茫的分水嶺。

楊牧先生秉性內斂，不喜好交際營營的詩壇，尤避是非，平日專注學問與閱讀寫作，亦會聆聽音樂，讓柔囀的樂聲停泊在泛泛之詩韻裡。雖然先生個性溫良，但煮酒析解或批評詩歌時，倒是嚴度鋒銳，毫不妥協堅持「公理和正義」。而楊師母是一位十分細膩且充滿美感的人，將先生起居生活照顧及安排得浪漫及如是恰好，有一次楊師母宴請陳義芝伉儷與我到其宅所晚餐，她親手烹調每一盤佳餚，我記得其中一道蒸魚，肉鮮汁甜，襯以青蔥蒜片，媲美香港大酒樓之主廚傑作，方知楊師母不但是料理大師，武術家（跆拳道黑帶），以及環境布置達人，實在很難想像這三種特性組合在一人身上。那天我曾作一詩爲記。

調酒

你微酡的容顏
仍不停搖撼手中緊握的調酒器
我隱約聽見
不止是花蓮的浪濤在澎湃
似非長江黃河迢迢之嘶喊
而是詩人只想用那股樸真無忌的
語言拌入有點
戲謔的月色
斟出三杯滲有唐宋的騷氣
以及不甚解讀的黑格爾
驚逗人生

後記：二〇〇九年十二月十一日晚，與義芝伉儷到楊牧先生家中小聚，我們除飽嚐女主人盈盈細緻的膳食，其間，先生更親自調製酒品共觴，時側見先生悠然神態，詩興滋生。

有一年除夕午後，楊牧先生與我聊及中國文人之「性格」，我因曾久居巴黎，拙於詩壇應對，先生不多批指，旋於贈書裡提點「方明素心人」，可謂用心良苦。

楊牧先生生性謹飭，似乎趣事不多，但從其夫人夏盈盈處錄得一則。早年楊牧先生在香港大學執教時，先生自認廣東話的聽力不錯，某日校舍人員領揚牧先生到其新宿舍，用廣東話向他說：「你自己睇睇。」（意思卽你自己看看），先生向夫人訴說：「舍監竟問我有幾個太太。」又某日，揚牧到香港移民局延期，排隊到窗口時遞上證件，移民官用廣東話問他：「是否你本人？」先生一直搖頭，該官員連問數次均得先生同樣反應，其夫人在旁邊點首急說：「是。」楊牧先生反向夫人道：「他問我是否日本人，我當然說不是。」

楊牧先生堅信寫詩是嚴肅且偉大之事，必須殫盡心智去克服與突破，才能產生好作品。詩人羅門生性孤傲自信，喜好批評其他詩人作品，有一次楊牧伉儷與羅門、蓉子到舍下作客，席間大家和融相處，舉觥皆是笑聲連連，落筷盡論喻詩喻典，可見楊牧先生在羅門心中的分量。

去年旅居紐約台灣詩人王渝返台，她是楊牧先生近一甲子的舊識，因王渝在台行程緊湊，擬想今年返台再去拜訪老友，幸好我堅持顧盼趁早，便於二〇一九年十一月十日我們叩開楊牧先生久辭見客之門，近兩小時的暢聊，在室內溶溶的燈暈下散出很多陳年往事……，歲月永遠使相對的故人溢滿物換星移之感嘆，這也許是楊牧先生最後晤見詩友的辭行。

也許衆人沒法接近大師，楊牧先生已遠去，一如他的詩作〈死亡〉：轉換爲一種風景，的確，他留下首首晶玉的詩作，已化爲長空閃耀的繁星，每一顆都有它的傳奇，激發人類追尋空靈之心。

備註：楊牧伉儷曾收養一隻流浪狗，此狗全身毛鬢黝黑，故以「黑皮」取名，在先生半載西雅圖任教半載在台灣執鞭倥偬暇應歲月裡，「黑皮」亦隨之乘坐飛機兩地奔波陪伴，先生在西雅圖之家居庭園樹木蘢蔥，和煦的陽光暖暖篩照著彼此酣濃的人畜情誼，在台時刻，每次我到訪楊宅，「黑皮」總是搖尾跳躍，然後安靜的蹲坐不言，彷彿專心聆聽如繭絲百迴纏繞滿屋的詩語，設想「黑皮」是同族類，這十餘年跟隨在大師旁側的歲月，相信亦因日夜沾濡雋逸的風騷而成詩人。

話說楊牧先生嗜呷啤酒，頻頻以此代水，不管是清晨黃昏，一樽沁涼的黃液流泉逍遙身心，這種飄然爽快的感覺也許亦是醞釀不絕如縷的詩之情話，故楊牧先生每次購進均以箱計，但亦小心翼翼從不同商店訂取，以避免異樣目光，直至年齒漸暮時，聽取醫生咐勸戒之。

先生本名王靖獻，從母性，自少喜愛夜空仰觀星月，善感織愁，往往深宵醒起，推門眺天而望其變幻，似乎將靈思飄向不可觸摸的太虛，也許星羅密布的穹蒼正在編織著先生的神遊。中學三年級時便與學長陳錦標先生合編《海鷗詩刊》，每週一寄登在《東台日報》的文藝版面內。先生初取筆名葉珊，三十二歲更名爲楊牧，青澀之齡就讀台灣花蓮高級中學時，便將詩作投稿《藍星詩刊》、《現代詩刊》等。並於上世紀一九六〇年代仍就讀東海大學歷史系一年級時（先生後轉讀外文系），首冊初啼詩集《水之湄》（大部分是中學時期的作品）便由「藍星詩社」驚艷出版，時隔三載又以旋風之姿推出第二本詩集《花季》（那時正值台灣各大門派爲「正名」「現代詩」而激辯論戰），此時「葉珊」的知名度漸漸爲詩壇廣知，之後直到一九六六年由當時頗有爭議性的「文星出版社」（社長爲蕭孟能）印行《葉珊散文集》，以及第三本詩集《燈船》，那是葉珊浪漫的青春情懷年代，頗有躊躇志心靈何處不消魂的流金歲月，上述三本詩冊與一本盈滿溫婉壯麗的散文集開始享譽正面臨文風蛻變的台灣文壇。其實楊牧與「文字」的淵源不只是創作出近五十種大量的書冊，他的一生周遭均與「文字」結緣，其父是經營印刷廠，而他本人於三十六歲時便與詩人瘂弦以及高中同學葉步榮等共同成立「洪範書店」，亦即後來發行不少文學叢書的「洪範出版社」。

詩人彌留之際，夫人夏盈盈在側邊輕念楊牧先生曾爲友人寫過的悼念詩〈雲舟〉：

凡虛與實都已經試探過，在群星
後面我們心中雪亮勢必前往的

地方，搭乘潔白的風帆或
那邊一逕等候著的大天使的翅膀

早年是有預言這樣説，透過
孤寒的文本：屆時都將在歌聲裡
被接走，傍晚的天色穩定的氣流
微微震動的雲舟上一隻喜悦的靈魂

家人遵照遺願安葬於花蓮海岸山脈起點，四周極目花蓮燈塔、奇萊山、花蓮中學以及東華大學，那些都是楊牧喜愛或曾留下生命痕跡的地方。楊牧慈親也於愛子逝世後半個月仙遊，享壽九十九歲。

二〇二〇年三月十七日　完稿

瞬影天地

皆詩人

鄭愁予、方明獲得「中國新詩百年百位最具影響力詩人」(2017年北京)

詩人周夢蝶（87 歲）詩屋聚聊

方明詩屋

方明詩屋

方明、葉維廉（方明辦公室2006年）

鄭愁予、方明同獲終生成就獎、年度詩人獎（2005 年）

洛夫抄錄方明詩作 30 餘首

余光中伉儷、方明燭光晚餐

紀弦、方明（紀弦美國家居 2007 年）

瘂弦、方明

楊牧、方明小聚

楚戈、方明（方明詩屋）

洛夫、方明晨泳（2013 年 9 月 28 日南京）

余光中、鄭愁予、方明小酌聚聊至深夜 12:30

羅門賢伉儷、方明（羅門住院前共餐 2014 年）

麥田文學 325

然　後

國家圖書館出版品預行編目 (CIP) 資料

然後 / 方明著 . -- 初版 . -- 臺北市：麥田出版：英屬蓋曼群島商家庭傳媒股份有限公司城邦分公司發行，2022.08
面； 公分． -- (麥田文學；325)
ISBN 978-626-310-240-8(精裝)
863.51　　111006921

作者　方　明
編輯　林秀梅
版權　吳玲緯
行銷　何維民　吳宇軒　陳欣岑　林欣平
業務　李再星　陳紫晴　陳美燕　葉晉源
副總編輯　林秀梅
編輯總監　劉麗真
總經理　陳逸瑛
發行人　凃玉雲
出版　麥田出版
104 台北市民生東路二段 141 號 5 樓
電話：(886)2-2500-7696　傳真：(886)2-2500-1967
發行　英屬蓋曼群島商家庭傳媒股份有限公司城邦分公司
104 台北市民生東路二段 141 號 11 樓

書虫客服服務專線：(886)2-2500-7718、2500-7719
24 小時傳真服務：(886)2-2500-1990、2500-1991
服務時間：週一至週五 09:30-12:00・13:30-17:00
郵撥帳號：19863813　戶名：書虫股份有限公司
讀者服務信箱 E-mail：service@readingclub.com.tw
麥田部落格：http://blog.pixnet.net/ryeeld
麥田出版 Facebook：https://www.facebook.com/RyeField.Cite/

香港發行所　城邦（香港）出版集團有限公司
香港灣仔駱克道 193 號東超商業中心 1 樓
電話：(852) 2508-6231 傳真：(852) 2578-9337
馬新發行所　城邦（馬新）出版集團【Cite(M) Sdn. Bhd. (458372U)】
41, Jalan Radin Anum, Bandar Baru Sri Petaling,
57000 Kuala Lumpur, Malaysia.
電話：(603)9057-8822
傳真：(603)9057-6622
E-mail：cite@cite.com.my

印刷　中原造像股份有限公司
封面設計　陳佩欣
封面圖片提供　陳佩欣
排版　乙雅三
2022 年 8 月　初版一刷
定價　650 元
ISBN　9786263102408
9786263102439(EPUB)